Tvillingar

Anders Björklund

Det som vi uppfattar som mörk materia är all den materia som finns i de parallella universumen till vårt universum. All materia i vårt universum uppfattas som mörk materia i de andra parallella universumen. Materia i de olika universumen kan inte interagera med partiklar från de andra. Vi i vårt universum kan inte se, känna av materian i de andra universumen, samma gäller för de andra, men de parallella världarna ryms i samma rum som vårt. Där finns totalt sex universum. Vårt upptar 5 % av materian & de övriga parallella universumen 27 %

Och

i en levande varelse består själen av materia. När en varelse dör så övergår själens massa till energi (därav viktminskningen) och kan färdas till ett slumpmässigt universum. Där övergår energin till massa igen i form av en själ i ett nytt liv. $E = mc^2$

Anders Björklund

Någon annanstans

Liggandes på rygg öppnade Mikael sina små blå ögon och möttes av en mörklila himmel kantad av tjocka, höga svajande grässtrån. Han lyssnade till det rogivande ljudet från vinden när den fick ängen att dansa böljande fram och tillbaka och han förstod att han inte längre befann sig i Timmerlundaskogen.

Han mindes sjalen som han hade försökt få loss från bergväggen precis nyligen och han mindes också hur sjalen sprakat till och snärjt sig runt hans hand och att han inte kunnat ta sig loss. Efter det vaknade han upp ...

någon annanstans.

Han satte sig sakta upp och la märke till sjalen som han höll i sin hand. Nu var den tillbaka till att bara vara en helt vanlig sjal igen, och när han öppnade handen föll den sakta ner och la sig prydligt på marken.

Han tog tag i de höga grässtråna och drog dem mot sig. Han kunde inte komma på att han sett något liknande gräs tidigare. Stammen var mycket tjockare än vanligt gräs men ändå lätt följsam och toppen pryddes av ett enda stort dinglande ax. Marken han låg på bestod av en grönskimrande jordart som han heller aldrig tidigare sett. Ja, han var helt säker på att han inte längre befann sig i Timmerlundaskogen.

Han reste sig upp och fick se bergväggen bakom sig. Den påminde om den som sjalen suttit fast vid, men ändå inte. Här hade berget en helt annan färg och struktur. Mycket mörkare, nästan svart och betydligt grövre, lite som grillkolen hans far använde vid grillkvällarna där hemma.

Han tittade upp mot himlen igen för att betrakta det mörklila alltet. Stjärnorna lyste starkt på himlen och det var natt, precis som hemma. När han stod där helt ensam och såg på den annorlunda natthimlen kände han plötsligt hur rädslan började leta sig in hos honom. Först nu förstod han att något mycket konstigt hade hänt och att han kanske aldrig mer skulle få se sin bror igen. Att han från och med nu skulle få klara sig alldeles ensam, en liten tolvårig grabb utan sin allra bästa vän.

Sin tvillingbror Peter.

FÖRSTA RESAN

Kapitel 1

Peter vände först på kuvertet för att se efter om där fanns
någon avsändare. När han konstaterat att baksidan var tom
på text pressade han in pekfingret mellan öppningen som
blivit vid ena kanten på kuvertet för att sedan sprätta upp
det. Han drog försiktigt ut innehållet och började läsa
texten på brevet.

JAG LEVER MEN JAG KAN INTE TA MIG TILLBAKA

OM DU LÄSER DETA SÅ RÄDDA MIG SNÄLA

TA DIG TILL TÄLTPLATSEN OCH VÄNTA PÅ EN ÖPNING

I BERGET, DU VET NÄR DU SER DEN.

MICKE

Det är i mitten på juni 1987 när Peter sitter i sin soffa i
lägenheten och läser brevet. Det har inte gått en dag utan
att han tänkt på Mikael, sin tvillingbror som försvann den

där natten för tio år sedan när de tältade ihop med Filip. Det var de sista dagarna på det bästa sommarlovet någonsin. Sommarlovet med hans älskade tvillingbror Mikael och deras allra bästa kompis Filip. Sommarlovet med stort S. De var tolv år och efter lovet skulle det bli helt annorlunda, då skulle de flyttas upp till högstadiet och där skulle pojkarna helt plötsligt bli yngst igen.

Det *var* det bästa sommarlovet någonsin. Ända fram till den där lördagsmorgonen i mitten på augusti då Peter och Filip vaknade upp i tältet och gjorde upptäckten att Mikaels sovsäck var tom.

Peter och Mikael var alltid tillsammans, oskiljbara. Sov tillsammans, åt tillsammans, bråkade tillsammans. Som två små hundvalpar som alltid var i luven på varandra, men som sedan somnade tillsammans i en hög på golvet. Alltid var det de två, varje minut på dygnet, alla dagar i veckan, och eftersom de var enäggstvillingar såg de också exakt likadana ut, men där slutade likheterna. Peter var mer eftertänksam och förståndig medan Mikael var mer impulsiv. Mikael tänkte inte alltid på följderna, vilket också gjorde honom till den mer påhittige.

I skolan visade det sig att Mikael var extremt duktig på bild. Flera av hans teckningar satt uppsatta lite varstans i skolans lokaler vilket gjorde honom extremt stolt. Peter var den som hade huvudet mer på skaft när det kom till kärnämnena svenska, engelska och matematik, ämnen som Mikael hade mer svårt för, speciellt rättstavningen som låg under all kritik.

Med brevet kvar i handen satt Peter som fastklistrad där i soffan, helt stilla som om tiden stannat. Han läste brevet om och om igen, men orden bara svävade omkring på papperet och han fick varken grepp om sammanhanget eller budskapet. Han förstod helt enkelt inte, chockad över vad han tydligen läst och förstått första gången han såg texten, men som nu var stört omöjlig för honom att läsa och förstå igen. Han funderade en stund på om det kunde vara ett skämt.

Vem hade skickat brevet?

Brevet hade legat i ett standardkuvert från posten och adresseringen till Peter var en påklistrad gul papperslapp, en sådan som användes vid eftersändning. Han vände på brevpapperet och fick se adressen till deras hem för tio år sedan: Småkullevägen 2, Timmerlunda.

Något år efter Mikaels försvinnande hade familjen flyttat från Timmerlunda till den större orten Rågmanstorp och när Peter fyllde nitton bestämde han sig för att flytta hemifrån till en liten etta, där han nu bodde. Han gick inte färdigt gymnasiet utan avslutade sina studier och började jobba på pappersbruket i Bofsnäs i stället. Ända sedan Mikaels försvinnande hade Peter haft problem med koncentrationen. Han kände oavbrutet att något, *någon*, saknades i hans liv och det blev lättare att försvinna bort i tankarna i jobbet på bruket än i en skolbänk på gymnasiet.

Vem skulle skicka ett brev i Mikaels namn och be om min hjälp om inte Mikael? Ingen!

Han la ner brevet på soffbordet och var noga med att inte få det nerkladdat av resterna från pizzan som låg kvar sedan dagen innan tillsammans med ett tiotal urdruckna ölburkar, ställde sig sedan upp och gick fram till fönstret i ett försök att rensa hjärnan. Utanför, långt där borta i horisonten såg han skogen, bergen och de stora vidderna. Platsen påminde honom om skogen och bergen där de tillbringade största delen av Mikaels sista sommarlov. Han och Mikael ...

... och Filip.

Peter, Micke och Fille ...

De tre tolvåriga grabbarna Peter, Mikael och Filip gick sida vid sida längs grusvägen som ledde dem bort från Timmerlunda, som de gjort så många gånger tidigare det här sommarlov, fast detta skulle bli den absolut sista gången. Det var i mitten på augusti och på måndagen efter helgen började skolan igen. Nu gällde det att pressa ur de allra sista dropparna från sommarlovet innan det tog slut.

Ryggsäckarna var packade med allt mellan himmel och jord, ingenting saknades. Dagen innan hade Peter och Mikael letat runt i huset och i garaget för att kolla in allt som kunde tänkas behövas under det tredagarsäventyr som väntade dem, och de hade tillsammans med Filip suttit och skrivit ihop listor på vad de skulle ha med sig. En lista för mat och snacks, en lista för kläder och sådant som man behöver för att hålla sig ren och fräsch och till sist en egen lista för överlevnadsgrejer. Tält, sovsäck och liggunderlag hamnade utanför deras intelligenta list-system då det var såpass givna saker, tyckte de.

I listan för mat och snacks kunde man bland annat läsa: korv och bröd, chokladdrycken pucko, två sötlimpor och en raketost, chips och till sist en godispåse full med tio-öres harpluttar.

Mat och snackslistan var betydligt längre när tvillingarna hade räckt över den till deras mor innan hon skulle gå och handla. Efter att hon strukit över närapå hälften av det mest onyttigaste från listan hade hon sagt till dem: *'Det får räcka. Blir ni hungriga är det ju bara att komma hem igen.'*

Tvillingarnas bästa kompis Filip gick under smeknamnet Fille av tvillingarna och Filip hade haft fullt sjå med att komma på bra smeknamn tillbaka. Till Mikael hade han provat med minst fem olika smeknamn, men hade till slut få gett upp och kallade honom nu bara rätt och slätt för Micke. Ett av de sämre förslagen som han hade förpassat till soptunnan tillsammans med de andra mindre lyckade alternativen var Misse. Det gick helt enkelt inte hem hos vare sig Peter eller Mikael. Ett smeknamn till Peter hade blivit mycket svårare och han hade blivit tvungen att ge upp helt.

Filip var nästan ett huvud högre än tvillingarna. Ett tag hade han fått heta Store-Fille, men till sist hade det bara blivit Fille. Antagligen för att det tog dubbelt så lång tid att säga Store-Fille jämfört med bara Fille, och säkert bidrog även det faktum att de bodde norröver i Sverige och där tycker man mer om korta ord.

Pojkarna bodde i ett mindre samhälle som hette Timmerlunda och även om orten var liten hade den ett stort upptagningsområde och kunde lätt fylla en hel skola med klasser ända upp till nian, utan problem. Skolan gick under namnet Stenängsskolan, den skola som de nu hade gått klart sina första sex år i och veckan efter skulle de alltså börja i sjunde klass, vilket också innebar nya lokaler i den större byggnaden. Låg- och mellanstadiet huserade i det äldre huset, den byggnad som alltid funnits där och som tidigare inrymde samtliga klasser. Men allteftersom samhället växt och fler familjer flyttat in hade det blivit alldeles för trångt i den ensamma byggnaden vilket resulterade i att det krävdes en utbyggnad av skolan. Den nya delen stod klar för fem år sedan och har sedan dess inrymt högstadiet. Snart var det alltså dags för Peter, Mikael och Filip att ta sig an dessa lokaler.

På sin fortsatta färd mot outforskad mark passerade de sjön där pojkarna tidigare på sommaren hade sjösatt Agda, deras egenhändigt tillverkade flotte. Filips pappa hade hjälpt till med material och stomme då han helt enkelt inte litade på pojkarnas konstruktörsförmåga, samt att han ville försäkra sig om att flotten skulle vara sjöduglig. Namnet, Agda, fick de från en av deras grannes hönor och de visste redan innan att en sjöfarkost skulle ha ett kvinnonamn.

Sjön hette rätt och slätt bara Sjön. Antagligen fanns det ett riktigt namn på den, men i folkmun var det bara Sjön. Den var inte heller speciell stor, endast ett par hundra meter lång och ungefär hälften så bred. Det var också där de åkte skridskor på vintrarna och där deras skolfröken gick igenom isen en vinter.

Hon hade varit väldigt noggrann med att kontrollera isen innan hon lät eleverna gå ut på den och dessutom skickat dit vaktmästaren på skolan för att först kontrollera isens tjocklek. Och innan hon släppte ut eleverna på isen hade hon förklarat för dem om de faror som fanns: vass, brygga, udde, inlopp och utlopp. Men vad hon hade missat var *ränna*, och det var just vid en sådan som hon själv trillat i.

Allt gick väldigt snabbt. Barnen hörde henne ropa på hjälp och när de tittade åt hennes håll och bara såg hennes huvud och axlar sticka upp ovanför isen, blev de först helt paralyserade. Fröken hade fortsatt att ropa och orden som kommit ur hennes mun hade ökat i både antal och styrka med icke tillåtna ord, och det var då som barnen hade vaknat upp från förlamningens grepp. De hade hittat en lång gren som de sträckt fram till henne och när hon efter stor möda lyckats få tag i den tog de i för kung och fosterland och lyckades till slut få upp henne ur vaken.

Hon skämdes ordentligt efter tabben och hade svårt att erkänna att hon missat en fara. Det var också sista gången hon tog med sig några barn till Sjön för att åka skridskor.

När trion kommit fram till slutet på grusvägen bytte vägen skepnad till ett mer traktorspårsliknande utseende. Normalt brukade spåren bitvis vara fyllda med vatten, men nu hade det inte regnat på drygt en månad och det var ordentligt torrt i skogen. Det gjorde att barnen kunde fortsätta att gå i bredd, men med Fille i mitten på spårets högsta punkt såg tvillingarna ännu kortare ut.

"Hej på er, mina små dvärgar", sa Filip och la sina händer uppe på tvillingarnas huvuden.

Peter och Mikael skrattade så mycket att de fått ont i magen och blev tvungna att lägga sig ner.

När de ändå låg där passade de på att vila en stund och när Filip kände hur det kurrade till i magen föreslog han att de skulle ta något äta. Peter och Mikael fick upp varsin dubbelmacka från mat-ryggsäcken och började trycka i sig dem. Filip satte ner handen i sin ryggsäck och grävde runt en stund. Till sist drog han upp ett gigantiskt äpple som han noga hade sett ut på ett av familjens alla äppelträd.

Tvillingarna begrundade äpplet en lång stund och sedan sa Peter häpet: "Vad gödslar ni era träd med egentligen?"

"Jag vet inte, ...", svarade Filip och höll upp äpplet framför sig, " ... men på lördagar brukar alltid farsan ställa sig vid träden för att pissa ut ölen som han hällt i sig. Det måste tydligen vara bra att gödsla med öl."

Filips pappa drack inte öl enbart på lördagar. Det brukade börja på torsdag och ibland sjukskrev han sig på fredagen för att kunna fortsätta med drickandet i ett sträck fram till lördag natt. Därefter sov han hela söndagen för att orka med jobbet veckan därefter. Han var aldrig arg eller hotfull. Han lallade mest runt på tomten och fixade med det ena och det andra, men Filips mamma tyckte absolut inte om det. Hon hade hotat med att lämna honom, men varje gång hade han skärpt till sig och så småningom hade hon släppt det. Det var tack vara att han var såpass snäll som hon höll sig kvar med honom, annars hade hon nog lämnat honom för länge sedan.

Filip älskade sin pappa över allt annat. Han sa aldrig nej när Filip bad honom om hjälp med något utan studsade bara snabbt upp på fötterna och följde med Filip, till vad det nu kan ha varit.

"Hur långt tror ni vi har kvar", sa Filip och tog ett rejält bett på äpplet och tänkte tillbaka till när de för ett par dagar sedan hade stått längst upp på den där kullen som utgjorde centrum i samhällets park mitt i byn och bestämt sig för att gå ända till horisonten.

Det hade börjat som ett skämt, men ju mer de tänkt på det desto mer ville de faktiskt göra det. De tre grabbarna ville få ett värdigt storstilat slut på sommarlovet, som Filip kallat det, och satt sig ner längst upp på kullen för att spåna idéer. Men eftersom de redan gjort nästan allt som tre tolvåriga grabbar kan tänkas göra på ett sommarlov hade Mikael till sist bara slängt ur sig något. De hade först skrattat åt det, men efter att alla tre låtit förslaget mogna lite där inne i skallen hade de tittat på varandra och sagt i kör: ”Vi gör det.”

Vyn de sett framför sig i horisonten bestod mest av skog, men där fanns även en hel del berg. Nästan genast hade pojkarna börjat planera och spänningen hade ökat till att bli nästan olidlig. De ville i väg så fort som möjligt.

”Nu kör vi”, hade Peter sagt och studsat upp på fötterna, ivrig att snabbt ta sig hem för att börja packa.

”Ingen tid att förlora”, hade Filip fyllt på med och rullat runt som i en kullerbytta för att sedan hamna på fötterna.

Mikael hade bara skrikit av lycka och var först ner till cyklarna som låg i en hög vid kullens fot.

De hade tävlat hem med cyklarna och som vanligt var det Filip som först svängt in på Småkullevägen med en bredsladd för att markera att det var han som ägde.

Filip bodde endast två hus bort från tvillingarna, men avståndet var mer än tre hundra meter. I huset där emellan bodde det en ensam äldre man som var minst hundra år. Tore hette han.

De tre hade bestämt sig för att sätta sig ner i Mikaels och Peters trädgård för att börja planera den mäktiga vandringen. Samtidigt som grabbarna slängde sig ner i soffan ute på verandan satt tvillingarnas mamma inne i köket och läste en notis i lokaltidningen.

Den tonåriga flickan som anmäldes försvunnen för snart en månad sedan har ännu inte påträffats. Polis och frivilliga har genomsökt stora ytor i och runtomkring Timmerlunda utan att finna några spår av den försvunna flickan.

Polisen säger till Timmerlundabladet att det kommer in en del liknande ärenden varje år och att barnen nästan alltid kommer hem igen till slut, att tonåringen rymt hemifrån och sedan ångrat sig.

Vi får hoppas på att så är fallet även denna gång, avslutade polismannen med.

Mikael, som nu funderat färdigt på Filips fråga 'hur långt det var kvar', satte upp fyra fingrar i luften och svarade: "Kanske tre timmar."

"Toker där", skrockade Filip tillbaka och kastade sig över Mikael med äpplet i ett fast grepp mellan framtänderna. "Du kan ju inte visa fyra fingrar och mena tre, din knäppis."

Filip och Mikael brottades runt en stund bland lingonriset, men efter ett tag blev de trötta och la sig på rygg för att vila ut.

Efter en stund sa Peter: "Undrar vad bröderna proppmätt gjort på sommarlovet, de har inte synts till någonting."

"Tror de åkt i väg till deras sommarstuga vid havet", svarade Filip och kastade i väg äppelskrutten mot ett träd.

"Rätt så skönt att slippa de asen", sa Mikael.

Bröderna proppmätt hade fått smeknamnet proppmätt av den enkla anledningen att de alltid såg just proppmätta ut. Lite småtjocka, men ändå inte direkt feta, lite som två stora mjölkpaket. Och något annat som var lite komiskt var deras förnamn: Jim och Krister. Deras far jobbade som utvecklare på ett företag som tillverkade lim och klister.

Undrar hur de egentligen tänkte när de namngivit sina barn.

Bröderna tyckte om att bråka och inte allra minst med tvillingarna Peter och Mikael. Som tur var hade de Filip, och under det senaste året när Filip hade vuxit till sig rejält både på längden och bredden hade bröderna proppmätt till slut gett upp att bråka med just dem. Den senaste gången proppmättsbröderna bråkat med tvillingarna hade Filip överraskat bröderna genom att smyga sig på bakifrån och helt resolut slagit ihop skallarna på dem så hårt att både stjärnor och fåglar hade synts ovanför deras huvuden. Mikael hade sagt efteråt att han var hundra procent säker på att han hade hört fågelkvitter när de lämnat bröderna åt sitt öde efter de gett sig av från platsen.

"Nå, vad säger ni. Skall vi fortsätta så att vi kommer fram någon gång", sa Filip och ställde sig upp.

Peter och Mikael var med på noterna. De tog på sig sina ryggsäckar och fortsatte traktorstigen fram. Klockan närmade sig elva och nu började värmen sätta in ordentligt. Det hade varit varmt hela sommaren men nu till helgen skulle det bli extremt varmt: upp mot 28, 30 grader. En skön avslutning på sommaren hade alla tre tänkt när de läst prognosen i Timmerlundabladet. Men nu, när värmen satte in på allvar och svetten bara dröp om dem, bad de alla tre till Gud att det måste finnas någon sjö eller å längre fram där de kunde svalka sig.

Efter en timmes lunkande i den snustorra skogen hörde pojkarna något som lät som vatten som forsade fram. De kastade av sig ryggsäckarna och satte fart mot ljudet. Och precis som de hoppats på var det en å som slingrade sig fram mellan stenar och träd och en liten bit längre fram kunde de se att ån blev bredare och lugnade ner sig lite i sin framfart. Ett perfekt badställe.

Plaggen flög av ett efter ett. Några badbyxor hade de inte fått med sig, men ingen av dem brydde sig. Som normalt i den åldern kunde det vara lite skamset att visa sig naken inför andra, men för bästa kompisarna gick det an utan problem. Nog för att de skojade med varandra med: *"Du behöver en sockerbit om du skall lyckas med att locka fram den lille"*, eller: *"Håller du på att omvandlas till en tjej eller?"*

Alla tre visste att det bara var på skämt och ingen av dem var bättre eller sämre än någon annan att ge kommentarer.

Först i var Mikael, som oavsiktligt snubblade i med kallingarna kvar längs med anklarna. Efter kom Filip och sist Peter.

"Så skönt alltså", skrek Mikael samtidigt som han kastade upp kalsongerna på en sten.

"Och varmt för att vara en bäck", sa Filip.

"Undrar var vattnet kommer ifrån", sa Peter. "Det ser i alla fall väldigt rent ut."

Mikael smakade på vattnet och gav ifrån sig en grimas. "Blä. Smakar dy. Inte från någon hälsokälla i alla fall."

"Knäppgök. Drick inte av vattnet din tokstolle", skrockade Peter och skvätte vatten mot Mikaels håll.

Sen var det i gång. Fullt vattenkrig mellan de tre, men redan efter ett par minuter var de helt slut och bestämde sig för vapenvila. Alla tre utropade sig till vinnare av matchen.

Efter en stunds vila i åns uppdämning satte de sig på varsin sten för att torka i solen. Mikael kramade ur vattnet från sina kallingar och la dem snyggt på en sten i solskenet. Från platsen kunde de nu se hur skogen övergick till mer lågterräng och en bit längre fram syntes bergen som de tagit sikte mot. Nu kunde det inte vara långt kvar hade de tänkt, max två timmar och sedan skulle de vara framme.

"Skall vi grilla korv när vi kommer fram", sa Peter.

"Klarar vi oss till dess eller gör vi det innan?" frågade Mikael som såg ordentligt utsvulten ut.

"Jag tycker vi väntar med att äta tills vi är framme. Då har vi det som sporrar oss", tyckte Filip och fick medhåll från Peter.

Mikael sträckte ut tungan i hela dess längd för att visa att han var hungrig.

"Vad, är du Gene Simmons nu eller?" frågade Filip och ställde sig upp och började spela luftgitarr.

"Åh, vi skulle haft med oss en kassettbandspelare så vi kunde spelat lite Kiss", ojade sig Mikael och såg helt uppgiven ut för att han inte kommit på idén innan de gett sig av.

"Okej, och vem skulle orka bära med sig den då", sa Filip. "Inte jag i alla fall, det är tillräckligt jobbigt redan som det är med ryggsäcken."

Pojkarna bestämde sig för att släppa tanken på kassettbandspelaren då de ändå inte hade den med sig, vem som skulle burit den var helt ovidkommande. Hade de kommit på tanken tidigare innan de gett sig i väg kanske de ändå kommit fram till att inte ta den med sig. Den var ändå rätt stor och tung.

Efter att grabbarna torkat i den varma solen tog de på sig sina kortbyxor, T-shirtar och skor och gav sig av igen längs med den nu nästan obefintliga stigen. Traktorspåren hade sedan en tid tillbaka upphört och stigen som de nu gick på såg mest ut som en djurstig. De hade svårt att tro att andra människor gått här tidigare, men efter någon timme fick de syn på en tom ölburk. Efter ytterligare ett par hundra meter hittade de två till. Någon eller några hade definitivt varit här tidigare. De funderade på vilka det kan ha varit, men förstod att det antagligen varit några tonåringar som tagit sig ut hit tidigare på sommaren för att festa till det, långt bort från övervakande föräldrar och grannar.

Varken tvillingarna eller Filip hade haft en tanke på att prova på mellanöl. Det hade räckt med att se de äldre hålla på nere vid sjön på helgerna för att avskräcka dem från tanken. En kväll när pojkarna smugit omkring en bit därifrån hade de sett hur en efter en stått på alla fyra och spytt rätt ner i sjön. Som sagt var, det hade räckt med det för att få dem på andra tankar.

Skogen upphörde helt och de påbörjade sin stigning uppför bergets sluttning. När pojkarna följt stigen en bit vände de sig om för att betrakta utsikten. Nu kunde de se hur långt de faktiskt hade gått.

Långt, långt där borta såg de tornet på Timmerlunda kyrka och om de verkligen spetsade ögonen kunde de till och med se horisontlinjen på havet flera tiotals mil bort. Eller så var det bara önsketänkande. Men långt hade de i alla fall gått och klockan närmade sig nu sex på kvällen.

Efter en kort stunds vandring fann de den perfekta platsen att slå läger på. Invid en skyddande bergsknalle fanns det en liten gräsbeklädd plats där tältet kunde få plats.

"Här blir perfekt", ropade de i mun på varandra.

Mikael började omedelbart med att leta rätt på tändved så att han kunde få till en eld. Hans mage var nu helt tom och han var allvarligt orolig för att han kanske kunde svälta ihjäl.

Filip och Peter var ivriga med att få upp tältet och när sista pinnen var islagen i backen kände de lukten av Mikaels första färdiggrillade korv. Han satt skakandes med korven i handen och tuggade frenetiskt när Filip och Peter satte sig ner jämte honom.

"Du överlever. Du kan vara lugn Micke", sa Filip lugnande och la armen om Mikael. "Jag har läst att man klarar sig utan mat i tre veckor. Värre är det med avsaknad av vatten, då klarar man sig max tre dygn."

Pojkarna grillade upp hela paketet med korvar och efteråt bestämde de sig för att utforska närområdet. Det var som sagt en perfekt plats att campa på, gräsplätten där tältet fick plats på och bergsknallen vid sidan om som stoppade eventuell vind från norr. Men just nu var det i stort sett vindstilla.

På andra sidan bergsknallen fortsatte berget uppåt en bit till, kanske femtio höjdmeter. Pojkarna beslutade sig för att gå ända upp till toppen och när Filip satte ner foten på högsta punkten sa han: "Dagens största bedrift är nu till ända. Skåda utsikten mina herrar."

”Wow, vilken utsikt. Vad är det vi ser längst där borta tror ni, skorstenarna som spyr ut vit rök?” sa Mikael och höll sina händer som en kikare runt ögonen.

”Jag tror det måste vara pappersbruket i Bofnäs. Det är i alla fall i rätt riktning”, svarade Peter och tänkte samtidigt: där vill man inte jobba när man blir äldre. Men det var precis där han skulle ta jobb senare i livet då han inte klarade av att slutföra sina studier.

Pojkarna satt kvar uppe på toppen en lång stund och när solen började dala lägre och lägre ner på himlen tog de sig ner i sakta mak, tillbaka till lägret. När de satt sig ner jämte den nu slocknade elden fick Mikael plötsligt syn på något som hängde ut från bergsknallen bredvid dem.

”Titta”, sa han. ”Vad är det för något?”

Peter och Filip fick också syn på det och ställde sig snabbt upp för att gå fram till stenväggen.

”Ser ut som en bit av en sjal eller nåt”, sa Filip när han tog tag i tyget och försökte dra loss det. Tyget satt stenhårt fast i berget, som om att det hade förenats med det.

”Fan, vad lurigt”, sa Mikael. ”Hur kan något sådant bara hända?”

Pojkarna begrundade tygbiten en lång stund och försökte komma på vad som kan ha hänt. Men de blev inte kloka på det. Tygbiten, som de nu kommit överens om att det var en sjal, hade verkligen förenats med berget.

"Fille, du som är den smartaste av oss tre. Kan du förklara det här för mig innan jag blir tokig", sa Mikael. Men både Filip och Peter stod som två frågetecken och fick inte ett ljud ur sig. De bestämde sig till slut för att fundera vidare på det nästa dag och gick och la sig i stället.

När de låg där tysta i sina sovsäckar inne i tältet sa Filip plötsligt "ett". Mikael funderade en stund på vad som var i görningen, men när Peter sa "två" förstod Mikael, och fyllde på med "tre". Så höll de på tills de närmade sig tusen och rätt som det var hade alla tre somnat. Mikael hade gett upp redan vid tvåhundra.

Utanför tältet var det helt tyst, den svaga vinden från dagen hade nu mojnat helt och de enda ljud som hördes var ljudet från pojkarnas lugna andetag. Tre små killar som drömde tillbaka på allt kul som de fått gjort under sommarlovet, men som nu snart var slut. Tre bästisar som snart skulle reduceras till endast två.

Mitt i natten vaknade Mikael upp efter att han drömt om sjalen i bergväggen. I drömmen hade han stått framför bergväggen och försökt dra loss sjalen som satt fast och plötsligt hade hela berget rasat över honom.

Han lyssnade om någon av de andra hade vaknat, men deras andetag var lugna och fina. Och nu när han låg där vaken gjorde sig den halvlitern vatten påmind som han hällt i sig innan de gått och lagt sig, och han bestämde sig för att det är bäst att kravla sig ut ur tältet innan det händer en olycka. Lite väl retligt för en tolvåring.

När han kom ut från tältet gick han i väg en bit bortanför bergsknallen, och samtidigt som han stod där och tömde blåsan passade han på att betrakta den fantastiska stjärnhimlen. Så här långt ifrån störande stadsljus syntes stjärnorna otroligt klart och som en tjock rand mitt på himlen lyste de inre delarna av Vintergatan. Men han såg också att något inte stämde med himlen, att det svarta inte riktigt var svart utan lila. Aldrig tidigare hade han sett en sådan natthimmel. Även om han var stentrött och behövde gå tillbaka till tältet för att fortsätta sova kunde han inte slita sig från den fantastiska vyn.

Han stod kvar där länge och tänkte på vilken fantastisk avslutning på sommarlovet det var. Tio veckor var snart till ända och det kändes som en evighet sedan ringsignalen hade ljudit den där sista dagen i skolan. Nu hoppades han på att det aldrig skulle ta slut och han mindes tillbaka till dagen då skolan ringde ut för sista gången. Då de hade sprungit nedför stentrappan vid Stenängsskolans stora ingång.

*

Solen lyste starkt och rakt uppifrån när de trängde sig ut genom dörrarna med de andra barnen. Filip plockade snabbt fram ett par solglasögon från jeansjackans bröstficka och tryckte fast dem över ögonen.

”Äntligen”, ropade han när han tog de sista fyra stegen i ett vågat språng.

”Vänta på oss Fille”, ropade Mikael och Peter i kör bakifrån.

Filip stannade upp, vände sig om och höll ut armarna för att ta emot dem. Pojkarna stod stilla en stund på rad med armarna om varandra och myste i sommarsolens sken. Deras leenden var breda och sanna och inget i hela världen kunde rubba deras vänskap. Varken någon eller något. De hade svurit på att de skulle fortsätta att vara bästisar till livets ända och nu hade de dessutom ett långt sommarlov att se fram emot.

Redan dagarna före avslutningen hade kompisarna kommit överens om att det här skulle bli ett sommarlov att

23

minnas. Det här lovet skulle de hitta på tokiga saker varje dag, oavsett väder.

Deras att-göra-lista för sommaren innehöll bland annat att bygga en trädkoja, och nu snackar vi om en storstilad sådan, bygga en flotte nere vid sjön och ingen flotte som helst utan en storstilad, ut och cykla för att utforska närområden runtomkring Timmerlunda, storstilat det med, och allra sist, vilket de lät vara öppet tills vidare, skulle de ha en värdig avslutning på sommarlovet. Ja, hela sommarlovet skulle helt enkelt bli *storstilat*!

Det var det Mikael tänkte på när han låste fast blicken på den fantastiska stjärnhimlen ovanför sig.

När Mikael lät blicken falla från natthimlens alla stjärnor, märkte han att han hade kalsongerna fortfarande nere vid knävecken, fast han slutat kissa för säkert fem minuter sedan. Han drog upp kallingarna och började gå tillbaka mot tältet. När han närmade sig tältplatsen fick han syn på sjalen som fladdrade till vid bergväggen och blev påmind om sin dröm som han haft tidigare under natten. Han stannade till och funderade på om berget verkligen kunde rasa om han försökte dra i den och kom fram till att sådant bara händer i drömmar.

Han förde försiktigt upp handen mot sjalen och lät fingrarna glida längs med tyget. Plötsligt började han känna något elektriskt mellan fingrarna och sjalen och det lyste till och blixtrade när han fortsatte att dra handen mot tyget. Luften omkring honom började dofta lite elektriskt, lite som smaken när man tar ett batteri mot tungan.

Plötsligt lyste sjalen upp och gav ifrån sig ett sprakande ljud. Mikael försökte desperat släppa tagen om sjalen, men slet förgäves. Handen var som förenad med tyget.

Bergväggen började ge ifrån sig ett konstigt ljud, lite som stora stenar som gnids mot varandra, men ändå inte. I alla fall ett märkligt ljud som Mikael aldrig tidigare hört.

Nu började skenet från sjalen sprida sig in i berget och plötsligt blev det upplyst från marknivå upp till minst en meter ovanför honom. Mikael var nu riktigt skraj och hade inte en aning om vad som var på väg att hända. Den upplysta delen av berget började bukta utåt och verkade liksom vilja närma sig honom. Ena stunden var han helt säker på att det bara var en dröm, men ögonblicket efter förstod han att det hände i verkligheten.

Vad händer!

Han stretade emot allt han hade, men kraften från skenet var alldeles för starkt. Fötterna fick inte längre fäste i sanden framför bergväggen och han kanade närmare och närmare berget. Rätt som det var började tårna försvinna in i berget och han försökte förgäves ge ifrån sig ett skrik, men fick bara fram det inom sig i tankarna hur mycket han än försökte. Sedan försvann fötterna.

Bergväggen gav ifrån sig ett mörkt dån och det sista av Mikael och sjalen sögs in i ljuset och efteråt blev allt helt tyst. Natten var tillbaka till det normala igen. Stjärnorna fortsatte lysa från en nattsvart bakgrund och inifrån tältet hördes lätta snarkningar från två helt ovetandes små killar.

Kapitel 2

Peter vände sig bort från fönstret. Med minnet kvar i tankarna från Mikaels sista sommarlov förde han försiktigt upp högerhanden mot kinden för att torka bort en tår. Han plockade upp brevet från bordet och med fuktiga ögon läste han igenom texten en gång till. Den här gången lyckades han förstå innehållet i brevet och tänkte samtidigt på sjalen som varit borta från bergsknallen på morgonen när han och Filip kommit ut från tältet.

"En öppning i berget", läste han och tänkte tillbaka på hur märkligt det hade varit med den där sjalen. Kvällen innan hade den suttit som gjuten i berget och på morgonen var den puts väck!

Sjalar fastgjutna i berg försvinner inte bara. Menar Mikael att han försvunnit tillsammans med sjalen?

Frågorna började hopa sig i Peters huvud, men några svar förväntade han sig inte.

Kanske borde höra av mig till Fille?

Senast Peter hade kontakt med Filip var för två år sedan. Peter hade varit ute och festat och känt sig ensam när han kommit hem och ringt till Filip i fyllan. Han hade fått till svar att han skulle skärpa till sig och efter det hade Filip lagt på.

Ända sedan Mikaels försvinnande hade Peter varit som förbytt och redan efter ett par år skar det sig ordentligt mellan Peter och Filip. Under flera månader, helg efter helg, hade Peter festat till det och varit mest otrevlig mot allt och alla, inte allra minst mot Filip. Han hade försökt få honom att fatta: *Nu får det vara nog! Lägger du inte av så kan du glömma mig som din kompis,* och Peter hade svarat, *Du fattar fan ingenting, stick åt helvete din jävla idiot!* och sedan gett honom en smäll på käften. Filip hade svarat med att bara gå därifrån och valt att bryta kontakten helt och hållet med Peter, något som han hållit ända sedan dess.

Peter har sedan lång tid tillbaka lagt det bakom sig och nu önskade han inget annat än att Filip gjort detsamma. Nu behövde han Filip mer än någonsin.

Peter drog till sig telefonen och slog numret, satte luren mot örat och väntade. Efter några signaler hörde han Filips röst i andra ändan och kände genast hur lugnet kom tillbaka till honom.

"Hej Filip, det är Peter. Snälla, lägg inte på!"

Efter en lång stunds tystnad svarade Filip tyst och kort: "Hej."

"Jag har fått ett brev från Micke."

"Är du full?"

"Nej, jag är inte full och jag har brevet här framför mig. Jag är helt säker på att det är Micke som har skrivit det. Vi måste träffas, Fille. Så snart som möjligt."

"Men hallå. Det har gått tio år sedan Micke försvann. Varför skulle det komma ett brev från honom nu för?"

"Inte vet jag! Och jag håller med om att det verkar jävligt mysko, men jag känner på mig att det är Micke som har skrivit brevet. Det är hans handstil. Och vad som också är mysko är papperet som brevet är skrivet på, du måste se det för att förstå. När kan vi träffas?"

"Bor du kvar i ettan?"

"Ja."

"Okej. Jag är hos dig om en timme", svarade Filip och la på luren.

Peter pustade ut och kände sig otroligt tillfredsställd av att Filip nu var på väg. Han bestämde sig för att städa upp innan besöket och började med att röja rent soffbordet från ölburkar och gick därefter loss på resten av lägenheten. Därefter tog han sig en efterlängtad dusch.

Peter hade precis hunnit fylla kaffebryggaren när det plingade till på dörren. Han skyndade sig ut till hallen och drog snabbt handen genom det fuktiga håret när han passerade spegeln.

När han fick se Filip stå där utanför dörren kunde han inte hålla tillbaka tårarna. Att få se Filip igen efter så lång tid och samtidigt veta att Mikael inte fanns hos dem gjorde honom väldigt svag.

Filip gick fram till honom och sa: "Vad fan", och gav honom sedan en hård kram. Han viskade: "Hur är det med dig egentligen?"

"Du fattar inte hur mycket jag saknar Micke."

"Jag saknar honom också skall du veta. Visa mig brevet nu."

Filip sparkade av sig skorna och gick och satte sig i soffan medan Peter fyllde två stora koppar med kaffe. När han ställt ner kopparna på bordet tog han fram brevet och gav det till Filip.

När Filip läst igenom brevet ett par gånger vände han blicken mot Peter och sa: "Det *är* Micke som skrivit det. Jag känner igen hans handstil och alla felstavningar. Jag minns från skolan att han alltid hade problem med om det skulle vara en eller två konsonanter i följd. Kommer du ihåg?"

"Får jag se? Det måste jag ha bommat."

Peter drog till sig brevet och såg nu att han missat det tidigare.

”Visst känns papperet konstigt? Känns blött fast det inte är det.”

”Jag får känna?” sa Filip och sträckte sig efter papperet.

Han kände på det mellan fingrarna och precis som Peter sagt kändes det blött och fuktigt, men när han tog bort fingrarna var de helt torra. Han lyfte upp brevet och höll det mot ljuset från fönstret och kunde tydligt se att det här papperet inte var tillverkad i någon maskin. Det här papperet var handgjort.

”Sen så är det så lurigt med kuvertet också. Det är ett helt vanligt standardkuvert fast med en sådan där eftersändningsetikett påklistrad. Och om du vänder på brevet så står vår gamla adress där, också skrivet av Micke.”

”Undrar vad han menar med: *Du vet när du ser öppningen i berget?*” sa Filip och hällde i sig det sista av kaffet.

”Hm. Jag har också funderat på det. Och samtidigt har jag tänkt på den där sjalen som var försvunnen på morgonen, den som satt fast i berget. Det måste vara den bergväggen som Micke menar. Tror du inte det?”

"Jo. något annat kan jag inte komma på. Men just det att:
Du vet när du ser öppningen i berget. Vadå för jävla
öppning. Det fanns väl ingen öppning i berget, eller?"

"Det finns bara ett sätt att ta reda på det. Vi måste dit, i
alla fall jag. Följer du med?" sa Peter manande till Filip och
såg djupt in i hans ögon.

"Klart jag gör", sa Filip utan att tveka. "Du, jag och
Micke vet du väl."

"Fan vad skönt att höra. Tack Fille", sa Peter och drog
till sig Filip och kände hur tårarna kom tillbaka.

Redan ett par dagar senare gick Peter och Filip in på samma
grusväg ut från Timmerlunda som de så många gånger tagit
sig fram på tidigare. Fast den här gången som vuxna. Men
de kände ändå hur den där känslan började leta sig tillbaka
när de var tolv år gamla, hur det började spritta till i benen
och hur den där förväntansfulla känslan kom tillbaka. Båda
förstod att Mikael saknades för att göra trion komplett, men
det kändes ändå ganska bra. Kanske det var så att de nu var
på väg till just honom.

Peter hade talat om på jobbet att han var tvungen att ta
ut sin semester omedelbart och förklarat att det var av
största vikt att han fick det beviljat. Eftersom produktionen

på bruket normalt brukar gå ner något under sommaren hade det inte varit något problem. För Filip däremot, som fått jobb inom försvaret efter fullgjord värnplikt, hade det varit svårare. Han hade varit inbokad med vakttjänst hela sommaren och skulle egentligen inte få semester förrän i augusti. Men han hade ändå till slut lyckats övertala en kollega att täcka upp för honom under hans första vecka. Filip hade sagt till honom att han hoppades att det skulle räcka med endast en vecka, men att han eventuellt skulle dra över tiden med kanske ett par dagar. *'Max en och en halv vecka, sen får du ta det på ditt ansvar'*, hade Filip fått till svar. Filip hade lovat, men det skulle visa sig att det inte skulle räcka med den tiden. Han skulle behövt täckas upp under en mycket längre tid än så.

Redan efter ett par hundra meter kom de fram till Sjön. De stannade till när de hörde ljud från badande barn och Filip frågade Peter om han kom ihåg flotten. Peter svarade: "Självklart", och de båda började minnas tillbaka till den där underbart varma sommaren vid sjön, där den storstilade Agda blivit till med hjälp av Filips öldrickande pappa Oskar.

*

"Ta i nu grabbar", hade Oskar manat på barnen när materialet till flotten drogs fram på kärran med sikte inställt på Sjön.

Kärran hade fyllts med bräder och spik, rep och remmar, fyra stora frigolitblock, och någonstans på kärrans botten rullade några ölflaskor fram och tillbaka och gav emellanåt klingande ljud ifrån sig. Filips pappa Oskar hade lovat att hjälpa grabbarna med flotten, men han ville gärna få med sig ett par öl ner till sjön. Dessa *några* hade visat sig vara sex.

På väg ner mot sjön hade de sett några ungdomar framför sig. De hade tydligen också öl med sig, det märktes inte allra minst på deras gångstil samt att det här och där låg tomburkar slängda i diket. En utav tonåringarna hette Pernilla, som senare under kvällen skulle bli den första saknade personen i Timmerlunda kommun den sommaren.

När kärran parkerats på gräset jämte bryggan hoppade barnen i sjön för att svalka av sig. Oskar satte sig ner med en öl för att vila efter strapatsen med kärran. Det var lördag eftermiddag och värmen ökade för varje minut. Sommaren hade varit extrem varm och det verkade inte finnas något slut på värmen. Det hade inte kommit en droppe regn sedan i slutet på maj och nu var det allaredan början på juli. Skulle det inte komma lite regn snart skulle bönderna få det riktigt tufft, det var redan ordentligt torrt på åkrarna och grödorna växte dåligt. Några veckor till och skörden skulle bli förstörd.

När grabbarna badat klart sprang de fram till Oskar och sa till honom: "Nu måste vi sätta i gång." Barnen var ivriga att få Agda färdig och kunde knappt bärga sig.

Dagarna innan hade de suttit på tvillingarnas altan och gjort en ritning på hur flotten skulle se ut. Med varsitt glas hemmagjord saft i handen och nybakade bullar på bordet hade de med penna och linjal ritat upp den mest fantastiska flotte som någonsin konstruerats. Efteråt hade de studerat ritningen och kommit fram till att de skulle behöva hjälp med att bygga den. Så avancerad hade den blivit.

Filip sprang i väg hem för att fråga sin pappa och efter en halvtimme kom han tillbaka med det glada beskedet att Oskar hade bugat och bockat för förtroendet.

Redan samma dag började de samla ihop material till flotten. Bräder och spik fanns det gott om både hos tvillingarna och hemma på Filips gård. Rep hade de tiggt till sig av deras säkerligen tvåhundra år gamle granne, men när det kom till frigolitblocken hade de stött på patrull. De hade cyklat runt i hela Timmerlunda utan att få syn på en endaste liten frigolitbit och hade till sist fått ge upp. Men när de satt i gräset på kvällen utanför Filips hus hade Oskar kommit ut och frågat varför de såg så ledsna ut. Barnen hade förklarat problemet för honom, problemet med att hitta tillräckligt stora frigolitblock för att få Agda sjöduglig. Filips pappa hade suttit tyst en lång stund och muttrat för sig själv och sedan gått in i huset igen.

Redan dagen efter, när barnen träffades efter frukosten, låg det fyra GIGANTISKA frigolitblock på Filips garageuppfart. Barnen hade stått som förstenade och trott att något mirakel hade inträffat, men i själva verket var det bara Oskar som hade vaknat riktigt tidigt och gett sig i väg med bil och släp till kusten där han visste att det låg ett företag som tillverkade förvaringslådor i frigolit till fisk. Han hade köpt fyra stora block och gett sig i väg hemåt igen innan grabbarna hunnit vakna. Nu stod han bakom gardinerna i vardagsrummet med ett stort leende på läpparna och spanade på grabbarna som stod där utanför som tre utropstecken.

Senare på kvällen stod Agda klar. En tre gånger fyra meter stor skapelse med en trampolin på ena gaveln, eller heter det kanske fören. På långsidorna satt det två åror i klykor och vid den andra gaveln, *aktern,* ett solskyddande tak så att sjömännen på flotten kunde få lite skugga om så önskades. Nu stod de vid varsitt hörn och var beredda på klarsignal från Filips pappa. När han räknat till tre tog de alla i för kung och fosterland och drog och knuffade allt vad de hade.

Även om Oskar bara använt sin högerhand då vänsterhanden varit upptagen med att greppa runt ölflaskan, lyckades de få i Agda i vattnet relativt lätt. Och vad hon flöt vackert!

"Wow", ropade pojkarna i mun på varandra. De var lyriska. Agda låg helt rakt i vattnet och lagom lågt vilket bidrog till att det var lätt att ta sig upp på däck. Och dröm om pojkarnas förvåning när Oskar var först i vattnet.

"Kom igen nu grabbar", ropade han till pojkarna. "Vem blir först upp på flotten?"

Pojkarna kastade sig i vattnet och kravlade sig upp på flotten. Filip och Peter började ro och Oskar la sig under solskyddet. Mikael la sig raklång på magen längst ut på trampolinen och tittade leende ner i vattnet. Vilken lycka.

Solen hade precis gått ner och himlen började sakta färgas vackert röd. Och om man tittade riktigt noga in i det röda kunde man se nyanser av mörklila. Mikael, som låg och tittade ner mot botten på sjön såg hur även den lyste upp i mörkt, mörk, lila, men det var ingenting han direkt reflekterade över då. Det gjorde däremot den trettonåriga tjejen Pernilla, som tidigare under dagen gått förbi sjön. Pernilla, som just nu i denna stund stod framför bergsknallen bortanför skogen och sakta, sakta sögs in i den upplysta bergväggen.

Slarvigt lagt runt halsen bar hon en flerfärgad sjal.

Pernilla var lite av en enstöring, men *hängde på* kompisarna ibland när hennes mamma stod på sig: *"Men kom igen nu Pernilla. Följ med dem ut nu när de är här och frågar efter dig."* Och det var precis vad som hände den där förmiddagen när några av hennes klasskompisar ville ha med henne på en upptäcktsfärd in i skogen. Karin, Bosse och Hasse var lite av klassens busar, vilket Pernillas mamma inte hade en aning om. Hon var bara glad över att de kommit och frågat efter henne.

Pernilla hade mot sin vilja till sist följt med.

De hade tagit med henne förbi sjön och fortsatt längs grusvägen mot skogen och höjderna bortanför. De hade försökt få henne på glatt humör, fått henne att prata lite. Ställt frågor och kämpat på, men förgäves.

Bosse hade med sig en ryggsäck full med mellanöl och deras plan var egentligen att få Pernilla att dricka ett par av dem. När de kommit fram till slutet av grusvägen och fortsatt in på traktorspåret hade Bosse hivat upp varsin öl och sträckt fram en av dem till Pernilla.

"Efter den här kommer nog musslan börja prata lite", hade han sagt och lagt till med ett högt skratt.

Pernilla hade ryggat undan och skakat på huvudet för att visa: 'Det vill jag inte alls'. Men efter ett ihärdigt övertalande från de tre hade hon till sist tagit emot den.

På den fortsatta färden mot bergshöjden hade de lyckats få henne att dricka tre hela femtiocentiliters 4,5 procentiga öl. Och när de kommit fram vid foten av höjden var Pernilla ordentligt berusad. Hon hade fått erfara att första gången en trettonåring dricker alkohol behövs det inte så värst mycket för att i det närmaste få en att bli helt plakat. Och i det ögonblicket, när hela världen snurrat runt, hade de tre *kompisarna* bestämt sig för att lämna henne.

En timma senare hade Pernilla stått ensam framför den upplysta bergväggen och trott att hon hallucinerat.

Peter mindes den där underbara kvällen på sjön. Det var säkert närmare trettio grader i vattnet och det hade varit helt vindstilla. Inga knott eller mygg där de låg helt stilla mitt ute på sjön och med Filips pappas snarkningar i bakgrunden. Och visst hade det varit en helt underbar himmel också, vad han mindes. Lite som den som de just nu hade ovanför sig, men inte riktigt lika kraftfull.

"Skall vi fortsätta?" sa Filip och väckte Peter ur sina tankar.

"Ja, det är väl dags för det", svarade Peter sakta och yrvaket.

Peter och Filip slängde på sig sina ryggsäckar och fortsatte längs med grusvägen. Det var en skön sommarkväll, påminde lite om sommaren för tio år sedan. Hittills hade det varit riktigt varmt och prognosen visade ingen förändring. Och häromdagen hade Peter hört på tv:n att de pratat om onormalt kraftiga solaktiviteter. Amerikanska NASA rapporterade att mätresultat från en av deras vädersatelliter hade slagit i taket under föregående vecka och att de spådde fortsatt höga solaktiviteter framöver.

"Hur har du haft det senaste tiden", frågade Filip.

Även om det var länge sedan de träffades hade Filip aldrig släppt taget om Peter helt. Incidenten från skolan var sedan länge förlåten och alla de gånger som Peter hört av sig i fyllan ville han helst bara glömma. Nu ville han blicka framåt, ta igen åren som de missat tillsammans och kanske hitta Mikael igen, hur knasigt det än verkade vara. Han visste inte riktigt än om han bestämt sig för att tro på brevet, men det verkar ju stämma: Mikaels handstil, felstavningarna, deras gamla adress. Ja, kanske.

”Så där”, svarade Peter och lyfte blicken mot Filip. ”Mycket öl.”

”Fan, du måste lägga av med det Peter. Annars går det med dig som det gick för farsan.”

”Vadå, vad menar du? Vad har jag missat?”

”Först blev han av med jobbet. Sen blev han av med morsan och huset och nu bor han i en rutten etta i ett av hyreshusen i Timmerlunda.”

”Det var som fan. Oskar som var så snäll.”

”Det räcker inte alltid att vara snäll, man måste sköta sig också. Speciellt sitt jobb. Nu vet jag inte vad han lever på. Socialbidrag av något slag kanske. Flera år sedan jag hälsade på honom.”

”Det är lugnt med mig. Hittar vi bara Micke så löser det sig. Fan vad jag har saknat honom skall du veta. Kanske är svårt för någon annan att riktigt förstå vad som händer när ens tvillingbror försvinner från en. Tror inte du kan sätta dig in i det.”

”Kanske inte på ditt sätt, men jag saknar honom också. Precis som jag har saknat dig. Fan, vi skulle ju vara kompisar till livets ände. Kommer du inte ihåg det?”

”Jo”, svarade Peter och började skratta lite lätt och Filip hade inte svårt för att hänga på.

Nu hade de kommit fram till grusvägens slut och de började leta efter traktorspåret som de hade fortsatt sin färd på den där gången för tio år sedan. Den var inte lätt att hitta, men till slut kunde de skönja konturerna i vegetationen. De satte fart längs med spåret och precis som då var det kruttorrt i skogen. Lingonriset krasade under fötterna där de gick och det triggade minnet från 'Den stora skogsbranden' som de råkat initiera under en av deras fantastiska grillkvällar den där sommaren. Det var under en av deras cykelutflykter som Mikael lyckats med konststycket att samla ihop tre kommuners brandkårer till en och samma skog.

*

De hade knutit, tejpat och snurrat fast mängder av utrustning på sina cyklar. Tält, sovsäckar, kläder och mat (mestadels korv) och sedan gett sig i väg ut på upptäcktsfärd långt bort från Timmerlunda. De hade cyklat säkert över tio mil på bara ett par dagar och till sist kommit fram till ett övergivet gammalt torp långt ut i ingenstans. Där hade de slagit läger, och redan första kvällen fick de till en sådan gigantiskt stor eld att torpet närapå börjat brinna. Hade det inte varit för regnvattenstunnan som funnits där hade de aldrig fått stopp på elden.

Men vad hjälpte det!

Mikael hade senare under natten gått upp för att han frusit, trots att det var den varmaste sommaren hittills, och startat upp elden igen. Peter och Filip hade vaknat av att Mikael drog i tältet och ropat och skrikit att de måste hjälpa till med att släcka elden. När Peter och Filip kommit ut från tältet brann hela gaveln på det lilla torpet. Filip, som hade mest hjärna av de tre grabbarna, hade sett till att de kommit därifrån så fort som möjligt.

De hade lyckats få med sig det mesta av sina saker och cyklat i högsta fart till närmaste hus för att varna. Redan efter en timme brann flera hundra kvadratmeter av skogen runt omkring torpet, och resten av natten och hela dagen därpå hade brandkåren fullt sjå med att få kontroll på branden. Först senare på kvällen fick brandkåren till slut stopp på branden och då hade hela familjen Thorsmans ägor brunnit ner till grunden. Mestadels skog, men också en del ängsmark. Inga personer eller byggnader förutom torpet hade varit i farozonen. Däremot hade de tre grabbarna fått sig en ordentlig utskällning av både brandkår, polis, familjen Thorsson och från deras föräldrar.

Ja, den branden sitter fortfarande som fastetsad i både Peters och Filips minne. Och Mikaels.

Peter och Filip fortsatte längs traktorspåret och började närma sig fördämningen där de stannat till för att svalka sig ihop med Mikael. Vegetationen hade vuxit till sig även här, men det var fortfarande tillräckligt öppet för att solens strålar kunde komma åt och värma upp vattnet.

"Ska vi", sa Peter.

Filip, som var helt genomsvettig vid det här laget slängde av sig ryggsäcken och började ta av sig kläderna utan att svara.

Efter att de svalkat av sig i det sköna vattnet satte de sig ned för att torka på samma sten som den gången för tio år sedan. Och precis som då lät de blicken fastna mot bergen en bit bort och satt sedan tysta en lång stund.

Solen värmde på ordentligt och efter ett tag frågade Peter: "Hur är det att jobba i försvaret då?"

"Jo, helt okej faktiskt. Men det har börjat sparas in så sjukt mycket bara. Precis som att politikerna tror att hotet från ryssen helt plötsligt bara har lagt sig. Nog för att det händer en hel del där borta i öst, snart så faller väl hela blocket isär som det verkar, men bara för det kan man väl inte bara lägga ner hela försvaret.”

”Sjukt det där med Palme också.”

”Mmm. Det var säkert ryssen som låg bakom det där om du frågar mig.”

”Tror du?”

”Ah, jag tror egentligen ingenting. Men kanske. Förresten, har du hört om de höga solaktiviteterna som det pratas så mycket om?”

”Ja, lite. Jag hörde något om att man kunde få se norrsken ganska långt söderut om man hade tur och att nu i veckan skulle det bli som mest.”

”Visst är det häftigt? Vi får hålla koll, det skall tydligen vara ganska ovanligt. Senast det var så hög aktivitet var tydligen för runt tio år sedan, fast då visste man inte så mycket om det. Nu har tydligen NASA en satellit som kan mäta detta.”

”Vi får hålla oss vakna länge i natt, har vi tur kanske vi får syn på det. Hur långt har vi kvar till bergen nu tror du?”

”Ha, ha, ha. En timme kanske”, sa Filip och höll upp två fingrar och knuffade i Peter i vattnet.

De badade en stund till och fortsatte sedan sin färd mot tältplatsen vid berget.

Senare på kvällen, när de fått upp tältet satte de sig ner och gjorde upp en eld. Peter mindes tillbaka när Mikael var så förskräckligt hungrig och slängde i sig korv efter korv.

Undrar hur det är med honom, tänkte han och slöt sina ögon.

Han var nu helt säker på att Mikael levde, han kände det i hela kroppen, bara så som en tvilling kan känna. Och nu när han befann sig vid platsen där Mikael försvunnit blev känslan ännu starkare.

Det är något med just den här platsen, tänkte han samtidigt som han lyfte ansiktet mot natthimlen och öppnade sina ögon.

Ovanför honom kunde han se att himlen hade fått en liten annorlunda färgton, lite åt det lila hållet, och han mindes samtidigt natten efter det att Mikael hade försvunnit, att den natthimlen hade haft samma kulör.

Sedan tänkte han tillbaka till morgonen när han och Filip vaknade och Mikaels sovsäck var tom.

*

"Fille, vakna", sa Peter och ryckte till i hans sovsäck. "Jag tror att Micke är uppe och kanske fixar frukost alla redan."

”Jag kommer snart”, sa Filip som gärna ville ligga och dra sig en stund.

Det var fortfarande tidigt på morgonen, men solen hade redan kommit upp en bra bit på himlen. Inne i tältet hade värmen stigit ordentligt och Peter kände hur det svalkade skönt när han kom ut från tältet.

”Du kommer dö värmedöden om du stannar kvar där inne”, ropade Peter in i tältet efter att han kommit ut.

När han ställde sig upp och lät blicken panorera runt kunde han inte se Mikael någonstans och han kände plötsligt en stor klump i magen. Kanske visste han redan då, undermedvetet, att hans tvillingbror var försvunnen? Det var inget han reflekterade över där och då. Han förstod inte just då varför han fått den där känslan i magen.

Han gick runt en stund och letade, upp förbi bergsknallen och tillbaka igen. När han inte såg Mikael någonstans började han ropa efter honom.

”Tyst, jag vill sova en stund till”, hördes det från tältet.

”Du måste komma upp och hjälpa till att leta efter Micke”, sa Peter tillbaka som nu började bli alltmer orolig. ”Jag hittar han inte och han svarar inte när jag ropar.”

Helt plötsligt flashade det till i Peters hjärna. Sjalen! När han gick förbi bergsknallen nyss kändes det som att någonting inte stod helt rätt till och nu kom han på vad det var. Det var sjalen. Igår satt den fast i bergväggen och nu var den försvunnen!

Han vände sig om snabbt och såg mot bergväggen och fick se att han hade rätt. Han skyndade sig fram och började leta efter den, men kunde inte se den någonstans.

Den var verkligen försvunnen.

Han ropade till Filip att sjalen var borta, vilket fick fart på honom. Filip flög ut ur tältet i bara kallingar.

"Vad! Vad säger du? Är den borta?"

"Ja, putsväck."

"Vad är det för spår där framför väggen?" sa Filip och satte sig ner på huk och följde spåren med handen. "Kanske det har varit något djur här i natt och lyckats få loss sjalen."

"Tror jag inte, det finns ju inte det minsta spår kvar av sjalen. Hade något djur lyckats med att få loss den skulle det väl ändå funnits något kvar, ifall den lyckats riva sönder den menar jag. Men nu syns det absolut ingenting från den. Helt puts väck."

"Du kanske har rätt. Men var har den tagit vägen då?"

"Skit i det nu, nu måste vi hitta Micke."

Peter och Filip letade hela förmiddagen utan att finna minsta spår av Mikael. De gick runt berget, upp på andra sidan och ner igen. Letade inne i skogen, ropade hans namn, men ingen Mikael hade synts till.

När det närmade sig eftermiddag beslutade de sig för att ge sig i väg hemåt för att berätta för deras föräldrar om vad som hade hänt. Tvillingarnas mamma hade blivit helt vansinnig på Peter, att han inte haft koll på sin bror och efter ett tag övergick det till ren panik.

Hon hade känt hur den stegrat sig i kroppen. Först benen som börjat skaka och hon hade blivit tvungen att sätta sig ner. Efter det började det köra runt i magen och hon blev illamående. Och som grädden på moset, en plötslig huvudvärk som känts som om att huvudet var på väg att explodera. Men mitt i allt detta tänkte hon också på flickan som försvunnit tidigare i sommar, att det då verkat vara en engångshändelse. Men nu var ett barn till försvunnet och den här gången var det hennes barn.

Mikael.

Deras pappa larmade polis och sökpersonal sattes in. Militär och frivilliga sökte igenom området grundligt i flera dagar och en helikopter med värmesökande kamera cirkulerade runt i området. Polis sökte med hjälp av hundar, men hundarna hade tydligen betett sig väldigt konstigt. Så fort de kommit in i området där Mikael försvunnit hade hundarna bara sprungit runt i cirklar och inte fått upp något spår överhuvudtaget. Precis som att något störde dem, något som förvirrade dem eller fick dem att tappa spåret. Efter en vecka avbröts sökandet utan att Mikael hittats.

Peter och Filip var som två zombies, de kände sig varken levande eller döda och tvillingarnas föräldrar var helt förkrossade. De vägrade att acceptera att Mikael var försvunnen och försökte in i det sista få sökstyrkan att fortsätta leta. Själva hade de sökt efter honom från tidig morgon till sen kväll varje dag, men efter tre veckor hade de också fått ge upp.

Mikael var verkligen helt borta.

De hade frågat polisen om de såg något samband med Mikaels förvinnande och med den tonårstjejen som tidigare under sommaren försvunnit och fått till svar att området där båda försvunnit stämde överens, men några fler spår hade de inte att gå på. Polisen berättade också att de undersökt de närmaste fastigheterna, men att inga misstankar kunde läggas på någon. För polisen var det ett mysterium. Men vad polisen hade missat vid sökningen efter flickan var sjalen som suttit fast i bergväggen. Och precis som vid sökningen efter Mikael, hade hundarna även då inte lyckats med att få upp något spår utan mest bara sprungit runt på måfå utan någon som helst framgång.

"Nej, vad säger du, skall vi gå och lägga oss?" frågade Filip och gav ifrån sig en gäspning.

"Inte jag, men du kan gå och lägga dig om du vill. Det var på natten som Micke försvann vilket betyder att om det dyker upp något tecken så borde det bli på natten, tänker jag."

"Vi kan turas om, om du vill. Väck mig när du inte orkar mer så byts vi av", föreslog Filip och fick medhåll från Peter.

Filip gick och la sig och Peter funderade på om han skulle lägga in ett vedträ till i brasan. Han ville inte att det skulle brinna för bra utan bara lite grann. Han ville inte att ljuset från elden skulle störa hans mörkerseende, då han var rädd för att han skulle missa något.

Han la sig ner på rygg och tittade upp på samma natthimmel som den som Mikael sett natten då han försvann. Peter kunde också se vintergatans inre delar, precis som Mikael gjort, men även det lila ljuset som Peter nu förstod var från de höga solaktiviteterna. Det ljuset såg Mikael också den där natten han försvann, men till skillnad mot sin tvillingbror hade han inte förstått att det berott på de höga solaktiviteterna. Det sambandet var inget som en tolvårig liten grabb hade koll på.

Peter lyckades hålla sig vaken ända tills solens första strålar började färga himlen mörkröd. Hela natten hade han haft koll på bergväggen och hela natten hade den bara fortsatt vara en helt vanlig mörk bergvägg. Peter gav upp vid femtiden och lyckades krypa in i sin sovsäck utan att väcka Filip.

När Peter vaknade hade klockan hunnit bli elva, då hade Filip varit uppe sedan sju.

"God morgon, sunshine", sa Filip när Peter kom ut från tältet. Filip satt och lapade sig i solen och var ordentligt svettig av värmen. Graderna hade stigit till närmare trettio och senare på eftermiddagen skulle det bli ännu varmare.

"God morgon."

"Hände det något i natt, såg du något speciellt? Hur länge var du uppe egentligen?"

"Tror klockan var fem när jag gick och la mig och det hände absolut ingenting. Men ändå kunde jag inte slita blicken från berget."

"Det var ju ändå bara första natten, vi får fortsätta hålla koll. Jag kan ta första passet i kväll om du vill. Ta något och ät nu så drar vi bort till ån sen och badar. Stannar vi här så kommer vi dö värmedöden", sa Filip och kastade till Peter kylväskan med mat.

Peter fixade till ett par mackor och sedan gick de stigen bort till ån för att svalka sig. Kylväskan fick följa med då de planerade att stanna vid fördämningen hela dagen, det var alldeles för varmt för något annat. På vägen tillbaka senare på dagen frågade Filip Peter om han mindes alla de knasigheter de hittat på den där sommaren.

"Minns du mobiliseringsförrådet?"

"My Good. Så knäppa vi var", sa Peter och sköt sig själv i huvudet med pekfingret.

*

Det var halvvägs in på sommarlovet och grabbarna hade cyklat i väg tidigt på morgonen för att utforska markerna söder om Timmerlunda. Till synes var det mest ödemark, men samtidigt fanns där en hel del grusvägar som gick kors och tvärs genom landskapet.

De cyklade runt i timmar och orken i benen verkade aldrig ta slut. Ena grusvägen efter den andra, korsningar till höger och vänster, uppför och nedför, men pojkarna verkade ändå ha stenkoll på att de skulle hitta tillbaka hem när det var dags för det.

Rätt som det var kom de fram till en stor röd träbyggnad med ett flackt, svart plåttak som låg lite diskret gömt inne i skogen. Där fanns ingenting som talade om vad det var för slags byggnad, men vid dörrarna till byggnaden satt det stora gula skyltar där det stod: OBEHÖRIGA ÄGA EJ TILLTRÄDE.

Just den texten fick pojkarna att vilja utforska vad som gömdes där inne.

De ställde in cyklarna bakom träbyggnaden och började gå runt den. Vid ena gaveln såg de en stege liggandes gömd under en hög med bräder. Mikael gissade på att den använts tidigare till att ta sig upp på taket, så det var just det som pojkarna gjorde.

Väl uppe kunde de se att där fanns en taklucka, och med hjälp av en skruvmejsel från Filips reparationssats till cykeln lyckades de skruva bort gångjärnen till luckan.

"Oh shit", sa Mikael när han tittade in genom takluckan. "Militärgrejer!"

"Får jag se", sa Peter och trängde undan Mikael. Vad han fick se var tre stora militärbilar och metervis med hyllor med kartonger staplade på varandra. "Hämta stegen Fille, så vi kan komma ner."

Filip skyndade sig att hämta dit stegen och när de lyckades få ner den genom takluckan sa han: "Kanske bäst om någon stannar kvar här uppe och håller utkik. Ifall någon skulle komma."

”Jag tror inte att vare sig jag eller Micke klarar av första steget ner. Det är för högt för oss. Kanske bäst att vi båda stannar kvar här uppe och håller koll. Så gå du ner själv Fille.”

”Då får ni vara tysta och verkligen se till att hålla utkik. Ser ni någon komma så varna mig i god tid så att jag hinner upp.”

”Självklart”, sa Mikael och gav tummen upp.

Filip tog ett kliv ner och det var med nöd och näppe att han nådde första steget på stegen. Han fortsatte nedåt på dallriga ben och var lite rädd för att han skulle slinta eller trampa fel, men efter någon minut var han nere.

”Vad ser du för någonting”, viskade Peter ner i hålet.

”Kartonger i mängder. Och varje stapel är märkt med vad de innehåller.”

Filip läste upp vad som stod på skyltarna: Byxa, fältskjorta, mc-byxa, vapenrock ... Samtliga lådor var märkta med någon slags modellbeteckning: M50, M60 ... Han gissade att det hade med årtal att göra.

Han gick omkring länge där nere och kollade in kartongerna en efter en, och när han kom fram till en kartong som var märkt med HALSDUKAR rev han upp kartongen och fiskade upp tre styck. Därefter fortsatte han till nästa del av förrådet och fick se att den innehöll konserver med mat och annat.

Uppe på taket bråkade tvillingarna om vem som skulle se ner genom takluckan och vem som skulle ha koll ifall någon kom. Efter en stund slutade det med att ingen av dem varken höll koll på utsidan eller in genom takluckan.

Närapå fullt slagsmål pågick uppe på taket när Filip helt ovetandes fortsatte sin upptäcktsfärd inne i mobiliseringsförrådet. Han hade lyckats hitta en persedelväska som han nu började fylla med konserver av olika slag. Och chokladkakor!

Chokladkakor i mängder!

När han var nöjd bestämde han sig för att ta sig upp igen och viskade uppåt mot takluckan: "Är kusten klar?"

När han inte fick något svar tog han i lite mer: "ÄR KUSTEN KLAR!"

Fortfarande inget svar, men nu hörde han hur det stampades och lät från taket och förstod att tvillingarna hade fullt upp med annat, vad det verkade som.

Han trädde väskans bärremmar runt axlarna och gick fram till stegen. Han följde den branta stegen med blicken, tog ett djupt andetag och började försiktigt klättra uppåt. När han kom upp med huvudet över taket såg han tvillingarna ligga och brottas en bit bort. Han ropade tyst till dem: "Vad fan håller ni på med? Ni skulle ju ha koll. Hjälp till här nu i stället."

De slutade bråka och gick molokna tillbaka till takluckan.

"Alltså, det går inte att resonera med Peter", sa Mikael och slängde ett argt öga mot honom.

"Det var ju du som började, du skulle ju ta första vaktpasset", sa Peter argt tillbaka.

"Skit i det nu", sa Filip och kastade av sig väskan. "Här i har jag samlat ihop en massa goa saker, men det tar vi sen. Nu måste vi upp med stegen och skruva tillbaka luckan igen."

Filip hävde sig ner genom takluckan med utsträckta armar och lyckades fiska upp stegen en bit. Sedan hjälpte tvillingarna till och de lyckades få upp stegen utan några större problem.

Peter och Mikael försonades. Och när luckan var återställd igen och stegen intryckt under brädhögen gav de sig i väg med ilfart. De tog sikte mot deras hemliga samlingsplats strax utanför samhället, en bit in i en skog där de byggt ett vindskydd mellan två gigantiska stenblock. Väl där öppnade Filip upp väskan och plockade upp varsin chokladkaka.

"Här kommer belöningen", sa han och rev upp papperet och tryckte i sig en bit.

"Så gott", sa tvillingarna i kör och var nu tillbaka som bästa vänner igen.

"Vad fick du tag i mer?" frågade Peter med munnen full av choklad.

Filip vände väskan uppochner.

Ut rullade massvis av chokladkakor blandat med konserver innehållande ärtsoppa, köttfärssås, köttbullar och korv. Där fanns också ett par paket med flingor och Mikael undrade hur Filip tänkt här. Men sedan fick de syn på de gröna militärhalsdukarna.

"En var", sa Filip. "Det blir våra gemensamma plagg denna sommar, tänkte jag. Som visar att vi hör ihop. Lite som ett gängplagg, tänkte jag."

De virade runt de tunna, sköna halsdukarna runt halsen och gjorde en knut därbak.

"Snyggt", sa Filip.

"Men vad skall vi säga att vi fått dem ifrån?" frågade Mikael.

"Vi kan nog inte ta med dem hem. Vi får lämna dem här varje kväll, tillsammans med det andra och bara ha dem på oss under dagarna", sa Filip och tryckte i sig det sista av chokladkakan och öppnade sen en till.

Peter och Filip gick tysta sista biten tillbaka till tältet vid bergsknallen. De var båda trötta efter den långa vandringen till fördämningen och sedan tillbaka samma väg. Det var skönt att få tillbringa den varma dagen vid vattnet, men nu när klockan närmade sig sex på eftermiddagen var det fortfarande sjukt varmt och redan efter ett par hundra meter på den krävande stigen tillbaka började de båda drypa av svett igen. De bestämde sig för att försöka ordna till en skuggig plats när de var tillbaka vid tältplatsen igen.

Efter en lugn och stilla kväll beslutade de sig för att hålla sällskap en bit in på natten, tills någon av dem blev trötta. De satt tillsammans bredvid tältet och beundrade den fantastiska natthimlen som nu lyste ännu stakare lila än vad den hade gjort natten innan. Timmarna gick och med jämna mellanrum tittade de till bergknallen vid sidan om, ett berg som bara fortsatte att vara ett helt vanligt berg.

Men rätt som det var …

Kapitel 3

Mikael vaknade upp vid *den andra bergsknallen* och såg att det hade blivit morgon.

Nu när han tittade ut över fältet framför honom förstod han att det var ett slags spannmål som odlades här. Ett mycket märkligt spannmål. Bara ett tjockt strå med ett ensamt stort ax dinglandes längst upp.

När han följde åkern med blicken kunde han se att en skog tog vid lite längre bort och i gränsen mellan skog och åker gick det en grusväg. Men vad som mest tog uppmärksamhet från Mikaels ögon var himlen, eller rättare sagt det som befann sig på himlen.

En gigantisk röd sol var på väg upp i horisonten, säkert fem gånger större än den sol som Mikael normalt var van vid att se. Det var nästan som att den gick att ta på kändes det som.

Mikael blev rädd. Han skakade av rädsla och när han försökte ställa sig upp vek sig benen på honom och han var tvungen att sätta sig ner igen. Han ville ta sig till grusvägen, men kunde inte förmå sig till att ens försöka.

Med gråten i halsen vände han sig om mot bergväggen och med den som stöd lyckades han till slut ställa sig upp. Han kände hur benen blev alltmer stadiga och till slut vågade han släppa taget helt. Han tänkte efter och försökte komma på vad som hade hänt. Han mindes hur han sugits in genom bergväggen vid tältplatsen och sedan hamnat här.

Han tänkte: *En parallellvärld*, och förstod att det inte kunde finnas någon annan förklaring på mysteriet.

Jag måste ha hamnat i en annan värld!

Han beslutade sig för att undersöka närområdet och därefter ta sig tillbaka till berget igen när det började mörkna, i hopp om att ta sig tillbaka till *sin* värld igen.

Han plockade upp sjalen från marken och började gå genom det underliga spannmålsfältet. Med jämna mellanrum lät han blicken söka sig mot den fantastiska och samtidigt skrämmande solen. Det gick nästan att titta rakt in i den, inte som hemma där ögonen blir bländade på direkten. Här gick det också att se solens korona, se hur *flammor* kastades ut för att sedan dras tillbaka in igen.

Innan han kom fram till vägen greppade han tag om ett ax på ett utav stråna och drog loss det. Tog bort ytterhöljet från det plommonstora innandömet och bet försiktigt i det.

Det smakade gott.

Smaken var en blandning av nötter och bröd och han bestämde sig för att plocka med sig några. Med händerna fulla av ax blev han påmind om att han bara hade kalsonger på sig. Han hade fört ner händerna där byxfickor normalt brukar finnas, men hejdat sig när han tittat ner och gjort den hemska upptäckten. I stället hade han lagt axen i sjalen och burit med den som en påse.

Tänk om någon får se mig så här. Vad skall jag ta mig till?

Han förstod att det inte fanns något att göra åt det, det var bara att försöka vifta bort. Vad är det för konstigt med att gå omkring i kalsonger när det är så här varmt? hade han tänk och bestämt sig för att fortsätta längs med vägen och inte tänka mer på det. Hade han tur kanske han kunde hitta kläder längst med vägen någonstans, på en torklina vid någons hus kanske.

Om det nu finns några hus här? Det kanske inte ens finns människor här, tänkte han och blev genast rädd igen.

Men en väg, åtminstone. Så kanske ändå …

Han följde den slingrande vägen fram och åt av sina nyplockade ax. Han märkte att de mättade, men också att han blev väldigt torr i munnen av dem och han började känna sig törstig. Han stannade till och försökte lyssna om han kunde höra ljud av rinnande vatten. Han tycktes höra något som porlade, men han var inte säker. Om det var vatten han hörde kom ljudet framför honom, längre fram längst med vägen.

Han ökade takten och började nästan småspringa. Emellanåt stannade han till för att lyssna och ljudet blev starkare och starkare och till slut fick han se en bäck som forsade fram.

Han skyndade sig fram till bäcken som rann längst med vägen, satte sig ner på huk och lapade i sig vattnet med hjälp av händerna. Vattnet var fantastiskt gott, det godaste vatten han någonsin druckit. Han drack tills han inte orkade mer och la sig ner för att vila en stund. Han tittade upp mot träden som påminde honom om granskogen där hemma. De här träden hade tjockare barr, men annars var de ganska lika, förutom storleken på kottarna. Här var de enorma, nästan som kokosnötter.

Bäst att passa sig så att man inte får en i skallen, tänkte han och gick genast upp till vägen igen. Nu kände han sig bättre, nu när han var mätt och fått törsten släckt.

'Typiskt Micke', skulle Peter sagt. 'Bara han fått i sig mat så är allt frid och fröjd.'

Han log lite grann när han tänkte på sin bror, hur speciell han var för honom. Han var säker på att han skulle kunna ta sig tillbaka till sin värld igen. Gick det att ta sig hit borde det fungera åt andra hållet också. Och tänk vad häftigt när jag kommer tillbaka och får berätta om det här stället, tänkte han när han fortsatte sin färd på grusvägen.

Men det skulle visa sig bli svårare att ta sig tillbaka än vad han någonsin kunde föreställa sig.

Någonstans långt där borta vid horisonten såg han rök stiga mot skyn och han förstod att det måste komma från ett hus, eller åtminstone från en person som eldade. Det var alldeles för långt bort för att kunna se tydligt, men vad skulle det annars kunna vara. Han uppskattade avståndet till max en timma och han tittade upp mot solen för att avgöra ungefär hur mycket det återstod av dagen. Till sin förvåning såg han att solen bara hade rest sig lite grann på himlen fast det kändes som att det egentligen borde vara sen eftermiddag redan.

Är dagarna längre här, tänkte han och stannade upp för att fundera. Visst kan det vara så, varför inte. Allt har ju varit annorlunda här jämfört med hemma än så länge. Egentligen bara vattnet som ser likadant ut.

Längs med vägen fanns det fler fält med ax och vatten var det heller ingen brist på. Och efter uppskattningsvis en timme såg han tydligt var röken kom ifrån och det var inte ifrån ett hus. Det liknade mer ett slags hydda, fast en ordentligt byggd sådan.

Ju närmare han kom såg han hyddan mer detaljrikt. Han såg att den bestod av flera delar: en större del i mitten och två mindre vid sidan om. Den verkade vara tillverkad av något slags lera och här och där stack det fram pinnar av trä.

Det ledde en liten väg upp till hyddan som var belägen invid en damm och bakom hyddan sköt berget upp tiotals meter. En liten skorsten stack upp från huvudbyggnaden där vit rök bolmade ut. När han kom fram till den mindre vägen befann han sig bara hundra meter från byggnaden. Han stannade upp och funderade på om han vågade fortsätta.

Hur kommer personen där inne reagera? tänkte han. Här kommer en liten kalsongnisse gående helt ensam. Tänk om personen är fientlig?

Han började sakta gå fram mot huset med de nakna fötterna släpandes i gruset. Vad han inte anade var de två röda ögonen som iakttog honom från en av öppningarna i väggen. Ögon som tillhörde en kraftigt byggd varelse med en mun fullproppad med vassa tänder.

Mikael fortsatte framåt mot hyddan.

Tidigare den natten hade en ung tjej vaknat upp vid samma bergsvägg som den som Mikael hamnat jämte.

Illamående och fortfarande yr i huvudet efter de tre klasskompisarnas jippo hade hon vandrat längs samma väg som Mikael nu gått. Lika förundrad som han av var hon befann sig och lika mycket tagen av alla intryck från den nya världen: träden, den lila himlen som tagit över ljuset från den nedåtgående jättesolen, axen som växte på fälten som kantade vägen, det goda vattnet. Hon hade upplevt allt det som Mikael nu fick uppleva. Men slutet på hennes natt hade blivit helt annorlunda mot hans.

När den mörklila himlen tagit över alltet hade hon letat efter någon plats där hon kunde lägga sig ner för att sova. Det hade känts som att natten aldrig skulle ta slut, men hon hade ändå inte blivit trött förrän nu. Hon hade försökt räkna efter hur många gånger hon ätit av axen under tiden hon irrat omkring i den nya världen och kommit fram till att det säkert blivit över femton gånger. Med den uträkningen gissade hon att natten hade varit minst ett dygn långt, i den tideräkningen som gällde hemma.

Hon hade gjort i ordning en liggplats med gräs från fältet och lagt sig ner för att sova när hon hörde ett grymtande ljud från skogen. Hon hade blivit livrädd och varit nära att börja skrika högt, men lyckats med att kväva skriket. I stället hade hon ställt sig upp och förberett sig på att klättra upp i trädet invid sovplatsen, men inte hunnit sätta planen i verket innan hon känt två kraftiga håriga armar om sig.

Det hon först trott varit ett djur, kanske ett vildsvin eller liknande, visade sig vara en varelse som gick upprätt, som en människa. Skriket hon gett ifrån sig den kvällen hördes miltals bort, men där fanns ingen som kunde höra det. De enda varelserna som befunnit sig i området den natten var tonårstjejen Pernilla från Timmerlunda, som en varm mörk natt med en mörklila himmel ovanför sig, sugits in i bergväggen djupt inne i skogen där hemma, och en kraftig, bestialisk varelse med en andedräkt som stank död och förruttnelse.

Mikael fortsatte fram mot slutet av vägen. När han nästan var framme vek han av till vänster och började gå mot sidan av hyddan. Varför han valt att vika av till vänster visste han inte riktigt, men just den manövern räddade antagligen hans liv den dagen.

När han kom fram och kunde se in bakom hyddan, såg han till sin förskräckelse en flicka instängd i en bur lite längre bort. Han förstod direkt att han måste passa sig, att här fanns någon ondskefull person som höll en flicka fången. Han satte sig ner på huk och viskade lågt och hoppades på att budskapet nådde fram till flickan: "Hej, vem är du?"

Flickan vände sig om och fick syn på Mikael.

Med stora uppspärrade ögon sa hon: "Hjälp mig, snälla!"

Mikael började försiktigt gå mot buren, men då hörde han en dörr öppnas på hyddans baksida. Gnisslande gångjärn som sakta ökade i ljudfrekvens.

"Göm dig!" sa flickan och kurade ihop sig till en boll inne i buren.

Mikael såg sig snabbt omkring för att se efter om där fanns något skydd, men det var redan för sent. Ut ur dörren kom en stor kraftig varelse med hår på rygg och armar och med ett kjolliknande plagg på underdelen. Den stannade till och riktade sina ondskefulla ögon mot honom.

Mikael fick smått panik och vände sig om för att springa därifrån. Varelsen kom efter med ett gurglande vrål och tog snabbt in på honom.

Mikael förstod att han måste komma på något sätt att bli av med varelsen och utan att direkt tänka tog han sikte mot bergväggen som löpte utmed baksidan. Nu befann sig varelsen bara ett tiotal meter bakom honom.

Han fortsatte att springa genom det höga gräset mot berget och försökte se efter om det fanns något sätt att snabbt ta sig upp. Han fick syn på en spricka som löpte diagonalt uppför väggen och bestämde sig för att försöka ta sig upp där, och hoppas på att varelsen inte skulle kunna klara av det. När han kom fram befann sig varelsen endast fem meter bakom honom.

Mikael fortsatte framåt, tog fart mot en sten som låg framför honom och kastade sig upp mot bergväggen och lyckades mirakulöst få grepp med händerna på en utskjutande hylla. Snabbt fick han fäste med fötterna och började trippa uppför den diagonala sprickan.

Varelsen stannade till och sträckte upp händerna i ett försök att nå upp till honom, men lyckades inte. Mikael hade redan kommit upp såpass långt att han nu var utom räckhåll från varelsen.

Mikael fortsatte uppåt och kunde se att det var säkert mer är fem meter kvar tills han var uppe på krönet. Varelsen gjorde några försök att ta sig upp, men till skillnad från Mikaels smidiga kropp och små fötter var varelsen alldeles för klumpigt byggd för att passa som bergsklättrare.

När Mikael nästan var uppe tittade han ner för första gången. Varelsen satt längst ner på huk och tittade upp mot honom, öppnade sin mun och gav ifrån sig ett gurglande läte som kunde skrämma livet av vem som helst.

Men inte Mikael. Han såg nu att han hade ett övertag och visste att han kunde fly från varelsen fler gånger, om så krävdes.

Han fortsatte upp sista biten och la sig ner för att vila. Han tittade ner ett par gånger för att se efter om varelsen var kvar. Han kunde se att den gick omkring där nere med blicken upp mot krönet.

Mikael började jobba på en plan att få ut flickan från buren och bort från den förskräckliga varelsen.

Pernilla tog sig sakta ut ur sin bollformation och tittade försiktigt upp efter hon hört dörren in till hyddan slå igen. Hon låg kvar en stund, helt orörlig för att försäkra sig om att varelsen inte var kvar ute. Hon hade gått in i sig själv och stängt ute allt det hemska när varelsen jagade pojken. Hon visste inte om pojken klarat sig, men hoppades innerligt att han gjort det. Ingen annan visste om att hon befann sig här, fångad och instängd i en bur, väntandes på att kanske bli dödad och uppäten av det äckliga, håriga monstret.

Pojken var hennes enda räddning.

Plötsligt hörde hon ett ljud.

Poff!

Och en gång till.

Poff!

Det lät lite som när ett regn startar, stora vattendroppar som slår ner i marken. Hon tittade upp mot himlen, men såg att där inte fanns några moln, endast en klar, blålila himmel.

Ljudet lät igen, och den här gången precis jämte henne.

Hon kunde se en liten sten rulla i väg bort från henne. Hon tittade upp igen och i ögonvrån kunde hon nu se något som rörde sig.

Det var pojken!

Han stod längst uppe på berget och viftade med armarna för att fånga hennes uppmärksamhet.

Tack gode Gud, han lever, tänkte hon och kunde inte hålla tillbaka tårarna.

Hon tittade leende upp mot pojken och viftade med handen för att visa att hon sett honom. Hon såg också att han försökte kommunicera med henne. Först höll han huvudet på sned, lutandes mot sina händer, därefter pekade han på sig själv och sedan mot henne. Hon förstod direkt vad han ville få sagt, att han skulle komma ner och rädda henne när det blivit natt. Pernilla nickade med huvudet upp och ner för att visa att hon förstod.

Hon hade lagt märke till att det inte fanns något lås till buren, det enda i låsväg var en tjock kedja som var trädd flera varv igenom hakar som var fästade på luckan och burväggen. Kedjans ändar var trädda över ett järn som var nedslaget i marken en bit utanför luckan. Kunde bara pojken ta sig ner osedd kunde hon enkelt förklara för honom när han var nära nog.

Pojken vinkade till henne, höll kvar blicken en stund och försvann sedan bort från krönet.

Pernilla såg bort mot solen och kunde se att den knappt rört sig sedan hon senast tittat efter, och det var långt före pojken hade kommit. Den var fortfarande kvar på samma höjd. Hon började förstå hur långsamt tiden gick här, att en dag kanske kunde vara så lång som flera dagar i hennes tideräkning.

Skulle hon behöva vänta länge innan hon blev räddad?

Det kändes som att vad som helst skulle kunde hända innan det var dags, hon kanske till och med var död och uppäten vid det laget. Rädslan kom tillbaka och den korta stunden av glädje när hon fått se pojken där uppe på berget var som bortblåst. Nu var hon tillbaka i helvetet igen.

Mikael tyckte sig känna igen flickan i buren. Han var nästan helt säker på att han hade sett henne tidigare, hemma i Timmerlunda. Det måste vara den försvunna tjejen från sjuan, tänkte han och försökte minnas vad hon kan ha hetat. *Annika... Pia...*

Efter mötet med flickan hade han sakta gått in i skogen, bort från bergväggen. Nu var han på väg ut från skogen igen.

Han fortsatte längs med skogskanten och vågade sig inte ut på öppen mark, rädd för om det skulle finnas fler av samma varelse. Utanför skogskanten fanns en äng med lågt gräs och blommor i sporadiska hopar. På andra sidan ängen löpte det en grusväg. Om det var samma väg som han tidigare gått på visste han inte, men han antog att det kunde vara så. Ifall det var det, hade den löpt runt den skog där han nu tagit sig igenom. Han tänkte att han inte fick ta sig för långt bort, han måste vara tillbaka när solen går ner för att försöka få ut flickan från buren, men också för att hinna tillbaka till bergväggen vid ax-fältet i tid för att ta sig tillbaka till sin egen värld igen. Och då tillsammans med flickan. Det var i alla fall hans plan.

Dagen upplevdes som väldigt lång. Bara tiden igenom skogen kändes som minst fem, sex timmar, och från i morse fram till nu kändes det som minst ett helt dygn. Han kisade mot solen för att försöka avgöra när på dagen det var och blev förvånad över att se solen fortfarande såpass lågt på himlen, som om att det fortfarande var morgon. Dessutom var det länge sedan han fick i sig någon mat, han var sjukt hungrig, det kändes som att han hade vakuum i magen. Vatten hade han i alla fall fått i sig. Han hade korsat flera bäckar med strömmande vatten, så på den fronten var det lugnt. Vad hade Filip sagt? Att man klarar sig i tre veckor utan mat!

”Skitsnack”, kom han på sig själv säga högt. ”Det gäller inte mig!” fortsatte han utan att bry sig om att han pratade med sig själv.

Några fler fält med de goda, mättande axen hade han inte sett till på länge och han funderade på om han skulle vända om. Men det betydde att han var tvungen att ta sig förbi *varelsens* marker. Om han i stället fortsatte framåt, och med tanke på att det fortfarande var lång tid kvar på dagen, skulle han ha god tid på sig att hitta något att äta men ändå hinna tillbaka i tid innan det mörknade. Han bestämde sig för att fortsätta. Samtidigt fick han syn på något som liknade en hästkärra vid ett krön på andra sidan ängen.

Han ställde sig bakom ett träd och kikade försiktigt fram.

På kärran satt en man och en kvinna. På avstånd såg de ut som två helt normala människor fast med kläder som såg väldigt gamla ut. Mannen bar en svart spetsig hatt med ett brett brätte och på kroppen något som såg ut som en lång vit klänning. Kvinnan, som hade långt, ljust hår var klädd i en grå klänning och på huvudet bar även hon en hatt av något slag. Kärran drogs av något som i alla fall liknade en häst, fast Mikael kunde inte riktigt komma fram till vad det var som inte stämde. Men han tyckte att halsen såg alldeles för kort ut och någon svans kunde han inte se. Annars var den ganska lik en sådan häst som i alla fall Mikael var van vid.

Han tyckte att personerna såg snälla ut, men han vågade inte riktigt lita på dem. Han tänkte, om jag följer efter dem en bit kanske jag får mod att ta kontakt med dem. Han fortsatte i samma riktning som paret, men fick öka i tempo för att hinna med.

Efter ungefär en timma närmade sig vägen skogsbrynet och Mikael funderade på att ge sig till känna. Kanske kunde han få lite mat från paret, om de hade någon. Ifall hans mage känts som vakuum tidigare skulle han aldrig lyckas hitta ett beskrivande ord för vad den kändes som nu, hur mycket han än försökte. Så hungrig var han.

Han bestämde sig för att chansa.

Pernilla gick runt inne i buren. Buren var inte stor, men hon kände att hon bara måste röra på sig. Tre steg åt ena hållet och tre steg åt det andra. Hon fick hålla nere huvudet en bit för att inte ta i plåttaket. Hon var glad för taket. Inte för att det var risk för regn, men för att det skärmade av solen.

Vatten hade hon, det fanns det ingen brist på. En stor tunna stod utanför buren och en slang med en ventil var kopplad till den. Från den kunde hon dricka ur närhelst hon behövde.

Med jämna mellanrum kom varelsen ut med mat till henne. Det var mest ax från fälten, men även en del frukter som hon aldrig tidigare hade sett. De var helt okända för henne, men goda.

En tanke hade slagit henne: att varelsen avsikt var att göda upp henne för att sedan få sig en ordentlig festmåltid. Varför skulle den annars hålla henne fången och ge henne onödigt mycket mat för? Men efter att pojken varit där och visat att han skulle komma tillbaka för att rädda henne, försökte hon inte tänka så mycket på det. Det enda hon hade i fokus nu var att inte bli stillasittandes. Hon måste röra på sig och hålla sig i form för att snabbt kunna springa därifrån efter att pojken fått upp dörren in till buren. Det var det hon försökte fylla sina tankar med, att bli fri och att få komma hem igen.

Kanske pojken har varit här tidigare och kanske visste han om hur man tog sig tillbaka? Det var i alla fall vad hon hoppades på.

Mikael befann sig ungefär tio meter framför kärran när han klev ut på vägen. Hästen stegrade och blev först rädd, men när den lugnat ner sig något såg han mannen ställa sig upp med ett gevär riktat mot honom.

Mikael hade sett många västernfilmer de senaste åren och reagerade blixtsnabbt. Båda händerna flög upp i luften för att visa att han inte var ett hot.

Mannen ropade något som Mikael inte förstod, efter det tog kvinnan över befälet och tryckte undan geväret med handen. Mannen tittade förvånat mot henne en kort stund, men vände sedan tillbaka blicken mot Mikael.

Hon rotade runt inne i kärran och fick med sig något i famnen, hoppade ner från kärran och började gå mot Mikael. Mannen stod kvar och var fortfarande beredd med geväret i handen när kvinnan sakta gick fram mot Mikael. Hon utforskade honom från topp till tå med blicken och höll fram en filt för att lägga om honom.

Hon måste ha undrat ordentligt. En underlig liten pojke, nästan naken som klivit ut på vägen helt plötsligt. Underlig på sådant vis att han inte riktigt såg ut som en normal pojke. För henne såg han lite missbildad ut, näsan satt på fel höjd och avståndet mellan ögonen var alldeles för kort. Små fötter och något märkligt plagg mitt på kroppen. Ett litet plagg med små figurer ditritade.

Hon tog tag i Mikaels armar och förde dem nedåt, la sedan filten om honom och tryckte på honom en mössa och satte sig sen ner på huk.

Mikael kände hur tung filten var, som om den var gjord av bly. Även mössan kändes tung.

Kvinnan lyfte upp sin hand mot Mikaels panna, förde undan luggen från hans ögon och sa något på ett främmande språk. Han försökte visa att han inte förstod genom att lyfta på axlarna och samtidigt skaka på huvudet. Kvinnan vände på sig och sa något till mannen, därefter vände hon tillbaka blicken mot Mikael.

Mikael lyfte försiktigt upp handen och satte ihop tummen med pekfingret, förde handen mot munnen som i en gest för att visa att han var hungrig. Det språket förstod kvinnan och tog honom i handen och började gå mot kärran.

Hon ropade något till mannen som fortfarande stod upp och var beredd med geväret. Han skakade på huvudet och la argt ner geväret framför sig och vände sig in mot kärran. När Mikael och kvinnan kom fram till kärran sträckte mannen ner något till kvinnan som hon sedan gav till Mikael. Det var en frukt av något slag och han började äta omedelbart. Han tyckte det var fantastiskt gott och tryckte i sig det med hull och hår. Kvinnan log mot honom och gav ifrån sig ett litet skratt. Det var första gången hon såg någon äta upp hela frukten utan att först skala den.

Hon hjälpte honom upp på kärran och satte sig sedan på bänken. Mannen tog tag i repen och gav ifrån sig ett läte som fick hästen att börja gå framåt. Kvinnan plockade upp en frukt till från lådan där bak, men såg till att skala den innan hon gav den till Mikael. Mikael förstod nu varför kvinnan skrattat åt honom tidigare.

Färden fortsatte längs med grusvägen och då och då gav kvinnan en frukt till Mikael. Mannen grymtade något till henne varje gång, men kvinnan bet ifrån och visade vem som bestämde.

Mikael satt inne i kärran som var fylld med trälådor, fler filtar och mössor, och en märklig mekanisk sak med spakar och vred på. Taket på kärran bestod av någon typ av plåt: tjock och grå. Han kände på sin filt som han hade om sig och såg att den också hade inlägg av samma sorts plåt som taket, fast i minde bitar. Kunde det vara bly? tänkte han. Det kändes i alla fall som det på tyngden och han kände också igen strukturen från alla de blytyngderna han hade satt fast på fiskelinorna när de varit och fiskat.

Ett par gånger svängde de av den ursprungliga vägen och Mikael försökte hålla koll på korsningarna. Han ville inte tappa bort sig för han visste att han måste hitta tillbaka senare när det blev dags. Han hoppades bara att paret inte bodde för långt bort, om de nu var på väg hemåt.

Efter någon timme såg Mikael ett hus vid slutet på vägen, och när mannen släppte på tyglarna för att låta hästen välja väg själv förstod han att det var här de bodde.

Hästen stannade till strax utanför huset och mannen och kvinnan klev av kärran. Mannen höll hårt i sitt gevär och kvinnan höll upp handen mot Mikael i en gest att han skulle stanna kvar inne i kärran. Mannen fortsatte att gå mot huset och försvann in på baksidan. Efter någon minut kom han runt hörnet på andra sidan huset och vinkade till sig kvinnan.

Det var ett litet hus. Bara en våning högt och kanske fem gånger fem meter i fyrkant. Väggar och tak var täckta av plåt, av samma sort som taket på kärran. Och över entrédörren stack det ut ett extra långt plåttak.

Kvinnan tog Mikael i handen och skyndade sig in i huset med honom. Mikael kanske inte var den klipskaste ungen i Timmerlunda, men han började ändå misstänka att människorna här var rädda för någonting. Varför skulle de annars gå omkring i dessa tunga blyförsedda plaggen och bygga sina hus med blyplåt för? För visst var det byggt av bly? Visst hade det varit smidigare med vanligt tyg till kläderna och träd fanns det ju gått om till att bygga hus med.

När de kom in i huset gick paret in i ett av rummen och efter en kort stund kom de ut igen ombytta till kläder som Mikael var mer van vid. Kvinnan hade också med sig kläder till Mikael som hon sträckte fram till honom. Han tog av sig sin tunga filt och bytte om. Det var skönt att bli av med tyngden och få på sig mer normala kläder, även om de kändes lite väl för stora. Kvinnan visade Mikael att han skulle sätta sig ner på en stol.

Han satt där, omtumlad och vilsen. Först nu började han på riktigt förstå att något förskräckligt hade hänt. Chocken efter allt han varit med om började nu släppa och först nu började han förstå att han varit med om något ... obeskrivligt. Först att vakna upp i en helt främmande värld, gå omkring i trakter som för honom var helt okända, stöta på en varelse som han bara kunde relatera till serietidningar och hemska filmer, en ensam flicka som hölls fångad i en bur och till sist fått träffa på två personer som såg konstiga ut.

Tårarna kom, i mängder.

Kapitel 4

Rätt som det var när de satt där, Peter och Filip, la de märke till ett svagt ljus längst ner på bergväggen. Peter som nästan var på väg att slumra till lyfte upp vänsterhanden och läste av tiden på sitt kvartsur.

Klockan var allaredan ett på natten.

Ljuset spred sig från marken framför, och in i berget. Det var som om att ljuset åt sig in i berget och löste upp det. Som lava, men med betydligt starkare sken. Peter trodde först att han såg i syne, men när Filip överraskande ropade: "Kolla!" samtidigt som han pekande mot ljuset och ryckte till sig fötterna, förstod Peter att det hände på riktigt.

Bergväggen lyste upp, sprakade, och gav ifrån sig ett märkligt blixtrande ljus. Det buktade utåt och ett cirkelformat sken närmade sig Peter och Filip där de satt framför brasan.

"Nu händer det", sa Peter och skyndade sig upp och sprang bort mot tältet. Han rotade runt en stund och kom tillbaka med sin och Filips ryggsäck.

”Var beredd nu”, ropade han, släppte ner Filips ryggsäck och ställde sig sen framför väggen.

Filip blev helt ställd. Han var inte riktigt förberedd på det här. Han trodde aldrig att något som det här kunde inträffa. Han var bara här för Peters skull, han trodde aldrig på brevet, att Mikael hade hört av sig på riktigt. Trodde aldrig att det skulle hända. Han ville bara följa med Peter för att få kontakt med honom igen. Inte hoppa in i en upplyst, sprakande bergvägg!

”Filip, vad är det med dig?” ropade Peter och spände blicken mot honom.

”Jag vet inte. Vad är det som händer?”

Berget var nu upplyst flera meter upp och fortsatte att bukta ut mer och mer. Peter var beredd på att ta språnget samtidigt som han kände hur något började dra i honom, in mot berget.

”Kom nu Filip, om en sekund så hoppar jag.”

Filip kände hur marken runt honom började skälva och förstod att han var tvungen att ta ett snabbt beslut. Han tänkte snabbt på Mikael, hur mycket han saknade honom, hur mycket han saknade den tresamheten som han, Peter och Mikael hade haft. Alla de äventyr de fått uppleva tillsammans. Hur mycket han ville tillbaka till den tiden som de tillbringat ihop. Han ville inget annat. De tre tillsammans igen.

Han kastade upp ryggsäcken över axeln och ropade högt: "Nu kör vi", och följde efter Peter när han klev in i den sprakande, skälvande, glittrande bergväggen.

Under bråkdelen av en sekund sögs de in i berget och uppslukades av dess inre.

De vaknade upp framför en annan bergvägg än den de nyligen hade dragits in igenom. Så som Mikael gjort tio år tidigare, fast i den här världen hade det endast förflutit ett dygn sedan han *gick över*.

Liggandes på den brungrönskimrande jorden, och med blickarna upp mot den enormt vackra lila himlen var de lika överraskade som Mikael varit över vad de fick se när de öppnade sina ögon efter den tumultartade förflyttelse från en värld till en annan. Från ett universum som fortfarande befann sig i sin linda till ett annat, miljardtals år bort i framtiden. Till en värld där solen vuxit sig enorm, där strålningen tagit livet av den största delen av befolkningen. Där endast de med de starkaste generna och de som lyckats skydda sig mot den dödliga strålningen hade överlevt. Där muterade växter uppstått, som lyckats övervinna den dödliga dos som de varje dag fick i sig i form av fria elektroner ivägskickade från solens corona. Mot en Jord, vars inre dränerats på större delen av det järn som tidigare alstrat det magnetiskt skyddande fältet mot det onda som nu ville ta död på det som fanns kvar på den en gång vackra, gröna planeten där Peter, Filip, Mikael och Pernilla nu befann sig på.

Inget av det där visste de om. Peter och Filip var helt ovetande om var de hade hamnat. De såg himlen. De såg det höga gräset med dess enda, hängande ax dinglande ovanför, och de såg bergväggen bakom sig.

Och de såg en stor vit skylt med svart text där det stod:

VÄLKOMNA TIL MITT STÄLE

Peter ställde sig upp och gick fram till skylten. Han stod kvar en lång stund och begrundade denna skapelse som han förstod var tillverkad, uppställd och författad av Mikael: hans tvillingbror.

Filip gick fram och la sina fingrar mot texten. Han följde bokstav för bokstav, ord för ord och sa sakta och allvarligt: "Mikael finns här!"

De såg på varandra. Filip såg tårarna som lämnade Peters ögon, gråten som sakta rann nerför hans kinder. Han hindrade sig själv att föra upp handen för att fånga upp dem samtidigt som han själv kände hur hans egna ögon började vattnas.

”Jag vet”, sa Peter, ”Ingen annan stavar så uselt som Micke.”

Han tittade på Filip och gav ifrån sig ett skratt.

De satte sig ner, lutade sig mot bergväggen, och efter ett tag somnade de med armarna om varandra.

Flera timmar senare vaknade de upp av ljuset från solen som nu börjat visa sig vid horisonten. Den var röd, het och stor. Endast en liten del av den visade sig, men värmen som den utstrålade var enormt het och varm.

De hade nu befunnit sig i parallellvärlden i endast ett par timmar. I världen där hemma var året snart slut. Sex månader hade förflutit sedan de tagit sig igenom och ett rikslarm hade gått ut endast ett par veckor efter att Filips arbetsgivare Försvaret märkt av att han var försvunnen. Dels för att de var rädda för att en främmande makt kanske låg bakom hans försvinnande, dels för att de misstänkte att han bara hade bestämt sig för att skita i sin tjänstgöring och flytt fältet.

Peters arbetsgivare på pappersbruket i Bofsnäs däremot hade helt sonika tröttnat på att Peter aldrig dök upp efter sin semester och avskedat honom på distans genom att skicka ett brev på posten.

Filip flög upp och kastade av sig sin t-shirt och började fläkta med armarna. "Shit vad varmt."

Peter drog till sig sin ryggsäck och plockade upp en Pucko. Han öppnade den och hällde i sig halva i ett svep.

"Pucko, din rackare", sa Filip.

"Jag vet", sa Peter och höll den framför sig. "Ville uppleva lite nostalgi tänkte jag."

"Mmm, ha, ha, ha. Får mig att tänka på Micke och hans ursäkt när vi kom hem från Rågmanstorp. Efter det att vi druckit vodka med pucko. Kommer du ihåg?"

*

Grabbarna hade cyklat längst med stora vägen mot Rågmanstorp för att utforska dikena längs med vägen. Rätt som det var hade de upptäckt en plastpåse full med flaskor i.

Mikael hoppade av cykeln i farten för att vara den förste som öppnade påsen. När han kom upp med påsen i handen drog han upp en flaska vodka. Peter, Filip och Mikael såg på varandra och funderade en stund.

Det var inte öl, öl blir man dålig av. Vodka däremot!

I påsen fanns även några flaskor med Pucko, och Mikael öppnade en omedelbart. När han började hälla i sig av Puckon tyckte Filip att han borde testa det ihop med vodkan.

Efter en timme där i diket hade minst halva flaskan blivit urdrucken av grabbarna. Sedan såg de bussen till Rågmanstorp komma farandes.

Tre tolvåriga polare, med jeansjackor och gröna militärhalsdukar, for mot Rågmanstorp på vinst och förlust med en påse Pucko och en halvliter vodka. Tillbaka kom tre snorfulla skitungar, inkastade i en folkabuss från socialen. Personalen ringde på hemma hos familjen Svensson för att lämna över de små illbattingarna och Mikaels ursäkt till föräldrarna var: "Någon jävel hade förgiftat Puckon."

"Visst minns jag", sa Peter och räckte över Puckon till Filip.

Filip hällde i sig det sista och sa: "Okej, vad händer nu då?"

Peter gick tillbaka fram till skylten. Han hade fått syn på något som stack ut vid sidan. Det var ett ihoprullat papper av samma sort som brevet han fått. Han vecklade ut papperet och fick se att det var en karta. En karta som kanske ledde till Mikael.

"En karta", sa han och tittade på Filip.

"Får jag se?"

Peter och Filip vred och vände på kartan en stund, studerade den noggrant och kom fram till att det skulle ta dem minst tio, tolv timmar att ta sig till den plats som var markerad med ett kryss. Den platsen där Mikael skulle befinna sig. De kunde även se att där fanns ett par ställen längst med vägen som de absolut skulle undvika. Dessa platser var markerade med dödskallar. Det var även utmärkt på kartan var det fanns vatten och fält med ätbara ax.

"Undrar vad det är vid platserna som är markerade med dödskallar?" frågade Filip.

"Mm. Undras det? Vi gör nog bäst i att vara försiktiga i alla fall."

På brevets baksida stod det att de måste ta på sig mössorna och klänningarna som ligger i påsen bakom skylten, och att det var av allra största vikt. Peter lyfte upp påsen med kläderna i och lade märke till hur tung den var.

”Varför skall vi ha på oss det här för? Alltså, vad består de av egentligen”, sa han och drog upp kläderna från påsen.

”Kanske har det med solen att göra”, sa Filip. ”Du ser ju hur den ser ut, hur nära den verkar vara. Kanske strålning?”

”Ja, det ser ut vara små blyplattor insydda i tyget, som skydd kanske? Bästa att vi tar dem på oss.”

Kompisarna bytte om, tog på sig sina ryggsäckar och började gå genom fältet. Filip plockade av ett ax för att provsmaka. Han tyckte det smakade bra och gav det sista till Peter. Vid grusvägen tog de av mot höger och fortsatte längst med den i ett par timmar. Peter läste på kartan och såg att de nu närmade sig första dödskallemarkeringen.

”Vi får kliva av vägen nu och gå i en cirkel runt.”

Filip ryckte till sig kartan för att ta sig en titt. ”Skall det föreställa ett berg det där?” sa han och pekade på kartan.

”Inte så värst snyggt ritat kanske, men det tror jag nog”, svarade Peter och lyfte upp blicken för att se sig om.

På avstånd kunde han se något som såg ut som en bergstopp och sa: ”Kanske bäst att gå runt? Det ser högt ut, om det är det vi ser där borta.”

Han pekade mot toppen han fått syn på och fick medhåll av Filip.

De gick in i skogen som kantade vägen och började ta sig igenom den första snåriga och vildvuxna delen. De kände hur luften blev mer syrerik och fukten i vegetationen blötte ner deras kläder. Efter ett par hundra meter öppnade det upp sig något och det gick lättare att ta sig fram. På deras högra sida skymtade de toppen på berget genom trädkronorna.

De fortsatte sin vandring genom skogen och både Peter och Filip svor åt de tunga kläderna. De blev ordentligt svettiga, men de vågade inte ta av sig dem. Vad det nu var för någon strålning verkade inte växterna ta skada i alla fall, tänkte de.

Efter ytterligare någon timmes vandring genom skogen kom de fram till en liten damm. Den kantades mestadels av sumpmark, men vid ena ändan kunde de se stenklippor. De tog sikte mot ändan och när de kom fram beslutade de sig för att ta ett snabbt svalkande bad. Max ett par minuter bestämde de sig för. De tyckte det var fantastiskt skönt. Varmt och härligt, säkert trettio grader i vattnet. Några minuter blev till en kvart, som blev till en halvtimme. Härligt och svalkande, ända tills något kom slingrande mot dem i vattnet.

Filip fick syn på den först. En gigantisk ormliknande varelse med framben som på en krokodil som närmade sig dem i en hiskelig hastighet.

"Upp ur vattnet!" skrek han högt åt Peter som just kom upp med huvudet efter en kort tur under ytan.

Filip, som befann sig precis vid kanten av en sten, kom upp ur vattnet direkt. Peter däremot, som först inte förstått vad faran bestod av, befann sig i mitten av dammen, långt ifrån räddning.

"Skynda dig. Det är en orm i vattnet. En stor en! Med framben!" skrek Filip hysteriskt.

Peter satte fart mot Filip så fort han kunde. Armar och ben flaxade i vattnet i ren panik och i all förskräckelse kunde Filip nästan inte hålla sig för skratt, trots allvaret.

"Simma riktigt din idiot!" ropade han till Peter.

Peter försökte ropa tillbaka, men inget av det han sa gick att förstå. Men trots sin kassa teknik hann han ändå fram till stenen där Filip stod innan ormen hann i kapp.

Filip sträckte sig efter en tjock gren som fallit ner från ett av träden i närheten och stod beredd med att drämma till ormen om den vågade sig fram.

"Kom upp fort. Den är precis bakom dig", skrek han och sträckte fram sin lediga hand. Peter fick ett fast tag om Filips hand och hivade upp sig på stenen just innan ormen slöt ihop sitt huggtandsförsedda gap.

Filip släppte taget om Peter som med nöd och näppe hittat balansen i sista stund. Direkt efter drog Filip till med allt han hade mot ormens huvud och fick in en fullträff rätt på ormens hjässa.

Ormen stelnade till och blev helt lealös för en sekund. När dess livlösa kropp just var på väg att vändas uppochner i vattnet ryckte den enorma kroppen till och vändes tillbaka igen. En kort stund låg den där i vattnet helt stilla och iakttog dem, plaskade sedan till och försvann lika fort som den kommit.

Peter och Filip pustade ut.

Det var nära att Peter, eller båda två, kunde råkat riktigt illa ut, och de förstod att de måste ta det mer försiktigt i fortsättningen. Den här gången hade det gått bra, men nästa gång kanske de inte skulle ha lika stor tur.

De torkade sig snabbt i solen och tog på sig sina förskräckliga klänningar och mössor igen för att fortsätta sin färd mot Mikael.

Kapitel 5

Sittandes på en stol vid ett köksbord, gråtandes med händerna framför ansiktet, satt en liten tolvårig pojke, vilsen i en helt främmande värld. Helt ovetandes att han befann sig på en planet som i miljontals år hade kämpat ett krig mot en ständigt växande stjärna som var deras sol. Städer som blivit utplånade av den starka strålningen som sakta men säkert ätit upp det futtiga skydd som de en gång haft. Städer som nu i stort sett suddats ut, endast små blygsamma tecken kunde nu avslöja att de en gång funnits.

De människor som lyckats med att ta sig ut till landsbygden för att starta ett nytt primitivt liv, byggt sina små hus av blyplåtar, odlat grödor som gynnats av det nya klimatet, räknades som vinnare i kriget mot solen. Människor, med ett starkt inre försvar och rätt gener som inte tagit lika mycket skada av strålningen. Men där fanns också ondskan. Hemska, onda monsterliknande varelser som hatade människorna. Och med brist på djur sökte de efter deras kött.

Vad Mikael heller inte visste om, var att tiden betedde sig annorlunda i denna värld. Han förstod, med tanke på hur sakta solen rörde sig över himlen, att dagarna var väldigt långa, men vad han inte visste om var att även åldrandet betedde sig annorlunda här jämfört med hans hemmavärld. Under en dag i den här världen gick det tio år i Timmerlundavärlden, vilket kunde få katastrofala följder om han en gång lyckades med att ta sig tillbaka.

Kvinnan satt på andra sidan bordet och led med pojken. Hon hade inga egna barn och såg i pojken det barnet som hon aldrig fått. Moderskänslorna fanns där, hade alltid funnits där. Ett långt liv, längtandes efter barnet hon aldrig fått. Hon förstod att pojken inte kunde deras språk, kanske var det på det viset att barnet inte ens kunde prata. Hon hade inte hört ett enda litet ord från pojken än och bestämde sig för att göra ett försök att få honom att prata.

Hon tog tag i hans händer och höll bort dem från hans ansikte, därefter sa hon till honom på sitt språk: "Vem är du? Var kommer du ifrån?"

Mikael öppnade upp sina ledsna ögon och sa gråtandes: "Jag förstår inte vad du säger."

Kvinnan log när hon hörde honom prata. Men blev också orolig över att han inte talade deras språk. Hon funderade på hur hon skulle lyckas med att göra sig förstådd, men Mikael hann före. Han visade att han höll i en penna och låtsades rita på bordet. Kvinnan for upp och letade rätt på en penna och ett papper. Hon la papperet framför Mikael och gav honom pennan.

Mikael hade tänkt på flickan. Han ritade en bur med flickan däri. Därefter ritande han monstret vid sidan om och visade sedan teckningen för kvinnan. Han kom på att han glömt en sak och drog till sig papperet igen. När han ritat färdigt gav han papperet till kvinnan igen.

Hon studerade teckningen. Hon förstod det mesta. Först bilden av någon som hölls fången av en välst, som de monsterliknande varelserna kallades för. Sedan den andra bilden, där välsten låg ner och där en person tog ut den tillfångatagna från buren. Hon kom fram till att pojken ville rädda den tillfångatagna och att det skulle ske när välsten sov. Men hon förstod inte den runda ringen som pojken ritat ovanför buren på den andra teckningen. Mikaels tanke med det var att visa att det var natt, när månen kommit upp på himlen. Men just den här planeten i den här världen, hade ingen måne.

Kvinnan nickade mot Mikael för att visa att hon förstod. Hon ropade till sig sin man och berättade för honom om pojkens teckning. Mannen tittade ner på Mikael, sa några arga ord och gick sedan tillbaka in till det andra rummet. Kvinnan skyndade efter.

Mikael förstod på mannens arga beteende att han inte gillade idén att rädda flickan. För Mikael spelade det ingen roll, han hade redan bestämt sig för att rädda henne, med eller utan deras hjälp. Det hade han lovat henne.

Han gick fram till den lilla runda fönstergluggen, som inte var större än en tallrik, och tittade ut. Han kunde se hästen som stod under takutsticket vid entrédörren med det kraftiga nätet runt, som en bur. Antagligen som skydd för monstervarelserna, hade han tänkt. Han kisade mot solen och tyckte inte att den hade rest sig nämnvärt på himlen. Han förstod att det skulle dröja länge än innan han kunde rädda flickan.

Men kommer hon att klara sig så länge, tänkte han och kände en orolig känsla djupt inne i magen.

Kvinnan kom ut från det inre rummet igen och ställde sig ner på huk framför Mikael. Hon nickade mot Mikael för att visa att hon fått sin man att hjälpa till. Mikaels ansikte sken upp och han kunde inte låta bli att ge kvinnan en kram.

Han höll om henne, länge och hårt och kände hur klumpen i magen försvann och hur en trygg känsla infann sig inom honom. Nästan som att krama om sin egen mamma.

Efter en stund tryckte kvinnan ifrån sig Mikael och visade att hon skulle laga mat. Hon gjorde upp en eld i en spis och lyfte därefter på en lucka i golvet. Under luckan fanns en trappa som ledde ner till ett matförråd. Hon kom upp med en korg fylld med diverse frukt och grönsaker och lagade sedan till en gryta som de åt av vid bordet.

Mannen och kvinnan sa knappt ett ord vid måltiden och Mikael förstod att det berodde på honom. Mannen var antagligen sur för att kvinnan fått honom att ta med sig pojken till deras hem och efter det fått honom att hjälpa till med att rädda flickan.

Efter måltiden bytte mannen om och gick ut till åkern för att jobba. Med sig hade han geväret.

Kvinnan satte sig ner med Mikael och började rita upp en bild på papperet som Mikael förstod visade landet där han hamnat. Samtidigt som hon pekade på Mikael förde hon pennan runt på bilden. Hon ville veta varifrån han kommit.

Mikael skakade på huvudet och försökte samtidigt komma på ett sätt att förklara för henne vad som hänt. Han tänkte och funderade länge, sedan ritade han en planet med en liten sol långt bort. Efter det en likadan bild, men den här gången med en större sol, och närmare. Därefter visade han med fingret att han kom från den ena planeten och att han nu var vid den andra. Sedan pekade han på flickan i buren och direkt därefter på *sin* planet igen. Han höll upp händerna med handflatorna uppåt och skakade på huvudet, för att visa att han inte förstod hur det gått till.

Kvinnan begrundade Mikaels teckning och hans förklaring och hon visste varken ut eller in. Inte kan han väl ha kommit hit från en annan planet, hur skulle det gått till, hade hon tänkt.

Mikael tog upp pennan igen och ritade ett litet berg, ett berg som det lyste och sprakade om och en liten streckgubbe vid sidan om. Vid gubben skrev han Mikael. Han försökte förklara genom att peka att han kom ifrån berget. Det här gjorde kvinnan än mer förvirrad. Mikael visade att han och kvinnan kunde ta sig till berget, efter att solen gått ner, att han där på plats kunde visa henne vad som hänt. Kvinnan pekade mot sin mun och sedan ut mot hennes man. Mikael antog att hon skulle fråga honom först.

Kvinnan tog på sig sina ytterkläder och gick ut till kärran för att bära in trälådorna med mat i. Mikael mötte upp vid entrédörren för att hjälpa henne med att bära in dem den sista biten. Sedan hjälptes de åt att få ner maten till matkällaren under huset.

Mikael försökte fördriva tiden med att dels slumra till i deras träsoffa, dels utforska allt det som fanns inne i huset. Det mesta som han kunde hitta kände han igen, fast utformningen var ändå olik från sakerna där hemma.

Köksgeråd som kastruller och stekpannor tycktes vara identiska, men flera utav många andra saker förstod han inte var de var till för. Som till exempel en rund träbollsliknande sak med små hål i. Han bestämde sig för att han skulle fortsätta fundera på det tills han kommit på funktionen med den.

Efter flera timmars funderande, utan framgång, kom mannen in i huset igen. Han hängde upp geväret ovanför dörren och ställde sig och tittade på Mikael. Han såg inte direkt arg ut, men heller inte glad. Ändå något positivt, hade Mikael tänkt.

Det var dags för mat igen. Kvinnan upprepade samma rätt som tidigare och Mikael åt och tyckte det var gott. Efteråt satt de alla tre kvar runt bordet och kvinnan tog mod till sig att berätta för mannen om Mikaels förklaring om varifrån han kom. Hon visade honom också teckningarna. Mannen hade bara skakat på huvudet och tittat snett på både kvinnan och Mikael, men kvinnan hade stått på sig och till slut hade mannen fogat sig.

Han sköt ut stolen bakom sig och gick ifrån bordet för att hämta träbollen med de små hålen i, just den som Mikael sedan länge gett upp hoppet om att försöka förstå funktionen med. Med sig hade han små träpiggar som han började fylla hålen med. Med jämna mellanrum tittade han ut mot solen och höll träbollen mellan sig och solen. Efter en lång stund, när han var nöjd med det han höll på med, tog han fram papper och penna. Han ritade ett sträck i vardera kanten för att få två små kolumner vid sidorna, och en stor i mitten. Vid kolumnerna vid sidorna ritade han en sol med ett sträck över och vid den i mitten en sol som lyste. Därefter började han fylla den mittersta kolumnen med små sträck, den som visade tiden efter att solen gått upp, samtidigt som han kollade av träpiggarna i träbollen. Efter det satte han sig framåtlutad över papperet och räknade. Efter en lång stunds funderande och grymtande drog han ett långt sträck från den vänstra kolumnen till den högra, och ungefär en tredjedel in från vänster satte han ett kryss. Han pekade på krysset och sedan på solen och visade Mikael.

Mikael var först helt snurrig i huvudet och förstod ingenting. Men efter ett tag, efter att mannen lyckats förklara genom att visa var solen nu befann sig och var krysset på linjen var, förstod Mikael. Mannen hade räknat ut hur långt det var kvar av dagen.

Mikael studerade mannens uträkning och såg att det var väldigt lång tid kvar innan solen skulle gå ner. Han höll upp träbollen med piggarna i och försökte ge sig på hur den fungerade, men gav upp ganska snabbt. Han tänkte också på om flickan kunde klara sig så länge. Kanske var de tvungna att ge sig på ett fritagningsförsök innan det mörknade?

Mikael tog fram teckningen där han visat kvinnan om flickan, att de var tvungna att hjälpa till att frita henne. Nu ritade han dit en lysande sol ovanför och visade mannen. Mannen gav ifrån sig ett par grymtningar, tittade mot kvinnan och tillbaka mot Mikael. Sedan reste han sig upp och gick in i det inre rummet och kom tillbaka med Mikaels *utekläder* och gav dem till honom. Sedan började han ta på sig själv.

Mikael log samtidigt som han blev lite rädd.

Pernilla satt i skuggan under taket. Det hade börjat blåsa lite och det fläktade skönt. Hon försökte fördriva tiden genom att utforska området utanför buren och fick syn på en stor skalbagge som vandrade omkring. Den var över tio centimeter lång, hade ett svart grönskimrande pansarskal och en rejäl käke. Den hade först gått omkring i cirklar utan något direkt mål, men rätt som det var hade den fått upp fart och tagit sikte mot en plåtburk som stod uppställd med en liten pinne som höll den upprätt en bit bort. När den kom fram stannade den till en stund utanför som om den funderade på om den vågade sig in eller inte. Plötsligt tog den mod till sig och fortsatte in. Då föll pinnen bort och skalbaggen var fångad inne i burken. När *monstret* senare kom ut hade den tömt burkens innehåll direkt i sitt gap, tuggat frenetiskt en stund och tittat bort mot Pernilla. Hållit fram burken som en gest att dela med sig, men Pernilla hade bara skakat på huvudet och grinat illa.

Hon hade tyckt sig se ett flin från *monstret*.

Nu tittade hon upp mot berget, som hon gjort så många gånger tidigare under dagen i hopp om att få se pojken. Men precis som tidigare när hon tittat upp såg hon ingen pojke. Hon undrade om hon skulle klara sig ända till natten?

Varje gång varelsen kommit ut från dess hydda, hade hon blivit rädd för att den skulle ta ut henne från buren för att avsluta hennes liv. Hon väntade bara att få se monstret sakta komma mot henne, gå runt buren med ögonen spända mot henne, se dess rakbladsförsedda gap öppna sig och se dropparna från gapet falla mot den torra marken utanför buren. Som små sjunkbomber släppta från hög höjd rakt ner i ett torrt, dammigt hav.

Nu när hon satt där tyckte hon att hon hörde ett knastrande ljud från vägen. Hon vred sig snabbt om för att försöka se runt gaveln på hyddan. Vägen var delvis skymd från hennes position, men en liten bit av vägen kunde hon se. Och var det inte en hästkärra hon skymtade en bit bort?

Två personer satt uppe på kärran och den var på väg mot hyddan. Och såvitt hon kunde se var en av personerna en pojke.

Mikael och mannen svängde in på den lilla grusvägen som ledde in mot varelsens hydda. Mannen visade Mikael med en gest att: 'Nu får du vara beredd'. Mikael lyfte upp det tunga geväret, lade an mot sin klena axel och siktade mot hyddan. Han var lite rädd för att av misstag träffa flickan, men så länge de befann sig på denna sida av hyddan kände han sig ändå ganska säker.

På väg till varelsens hydda hade Mikael fått utföra ett träningsskott. Det hade smällt till ordentligt och ett stort blåmärke hade snabbt växt till sig. Det hade gjort rejält ont och mannen hade efteråt visat att han måste lägga an ordentligt mot axeln. Nu hade värken försvunnit och han var inte längre rädd för att det skulle göra ont. Han var heller inte så värst nervös för att eventuellt behöva döda ett monster.

De närmade sig hyddan och mannen stannade till en bit innan. Hästen drog något åt höger för att äta från gräset vid sidan om, det gav Mikael fri sikt framåt.

Mannen ställde sig upp och ropade ett par ord mot hyddan. Sedan väntade han en kort stund och upprepade ropet. Då kunde de se dörren sakta öppnas och från dess mörka inre kom det ut något som kunde varit ett gevär. Mannen skrek till och Mikael tryckte av.

Under en bråkdel av en sekund spelades det upp en scen inne i Mikaels huvud. Hur han tidigare under sommaren skjutit prick med luftgevär på sommartivolit som varje år gästade Timmerlunda. Peter och Filip hade gjort åt sina enkronor utan att få något pris och Mikael hade satt alla fem skotten mitt i prick och vunnit ett jättekramdjur. De två andra hade stått och gapat och undrat över hur det hade gått till.

"En naturbegåvning", hade Filip sagt.

"Nybörjartur", hade Peter sagt.

Kulan från Mikaels gevär gick rakt in genom dörrspringan och ögonblicket efteråt hördes en duns inifrån. Mannen tog sig för pannan och tittade ner mot Mikael som satt och masserade sin nu ofantligt onda axel. Dörren till hyddan

gick sakta upp och när ljusen letade sig in i mörkret såg de
välsten ligga raklång på golvet.

Mannen tog geväret från Mikael och hoppade av kärran,
gick fram mot hyddan beredd med geväret. Han tittade
försiktigt in och när han vände sig om mot Mikael visade
han med pekfingret var kulan träffat. Mitt mellan ögonen.

Ren tur, tänkte Mikael och pustade ut.

Pernilla hörde ett rop. Och ett till. Sedan en hög knall och
efter det, tystnad.

Efter en kort stund såg hon pojken komma runt gaveln
gående mot henne. Hon tittade mot pojken och kunde inte
hålla tillbaka tårarna.

Han sa till henne: "Är det Pernilla du heter? Jag kommer
ihåg dig från skolan. Förresten, monstret är död nu."

"Ja, jag heter Pernilla", sa hon skrattandes med tårarna i
ögonen.

Mikael såg på grinden till buren och klurade ut hur den
skulle öppnas utan Pernillas hjälp. När Pernilla kom ut från
buren gav hon Mikael en stor kram.

"Tack min hjälte", sa hon och ville inte släppa tagen om
honom. "Är inte du en av de där tvillingarna i sexan?"
viskade hon.

”Jo, Mikael. Min bror heter Peter.”

”Jag var rädd för att jag var tvungen att vänta tills i natt, vilket skulle betytt flera dagar verkar det ju som.”

”Ja. Visst går tiden väldigt långsamt”, sa Mikael och fortsatte ivrigt: ”Alltså, vet du var vi är? Jag drogs in i ett berg mitt i natten när vi var och tältade och rätt som det var hamnade jag här. Är det en parallellvärld tror du?”

Mikael hade säkert minst hundra frågor till och han tyckte det var otroligt skönt att få prata med någon som förstod honom.

”Jag vet inte. Men var du bortanför sjön när det hände?”

”Ja, långt bort vid horisonten, när man ser det från Timmerlunda. Långt där borta vid bergen du vet. Jag och Peter och Fille var och tältade och jag gick upp mitt i natten. Och i berget satt det fast en sjal som jag försökte dra loss. Den här”, sa han och tog upp sjalen som han fått med sig i sin blyklänning.

”Den är ju min”, sa Pernilla, tog den till sig och höll den mot ansiktet och drog därefter in ett djupt andetag. Hon stod länge och luktade på sjalen. Hon kände igen doften hemifrån och började gråta igen.

Mikael stod still och betraktade henne. Han tyckte Pernilla var väldigt söt och funderade på att trösta henne, men visste inte riktigt hur. Det här var en situation han inte befunnit sig i tidigare och han hade inte en aning om hur han skulle bete sig. Han funderade på om han skulle gå fram till henne och ge henne en kram, så som hans mamma skulle gjort ifall han var ledsen. Så som till och med Peter skulle gjort. Men det var bara det att Pernilla var minst ett halvt huvud längre än honom och han tyckte det kändes lite retligt. Men han gjorde det ändå.

Han gick fram och la armarna om henne med sitt huvud tryckt mot hennes axel, och det kändes väldigt skönt. Mitt i allt ståhej, med monstret som han just skjutit, med Pernilla som hållits fången i en bur, att befinna sig i en helt annan värld, långt hemifrån. Allt det som han varit med om, som chockat honom fast han inte riktigt varit medveten om det tills nu. Han kunde inte stoppa tårarna, de kom i massor.

De stod en lång stund och grät tillsammans, kramade och tröstade varandra. Mannen stod en bit därifrån och studerade dem och han kunde själv inte hålla tillbaka de tårar som sakta kom rinnande nedför hans kinder. Två små barn, hade han tänkt. De barnen som de själva aldrig fått. Han höjde blicken mot solen och svor en förbannelse över den. Han hatade den förbannade solen som skickade sina fördömda strålar mot dem. Varför just oss? Det fanns de som fortfarande kunde få barn. Han såg dem varje vecka när de åkte in till byn, alla de par som fortfarande kunde få barn. Men inte vi.

Varför inte vi!

När de gick tillbaka mot kärran tog Mikael upp ett hopvikt papper ur fickan och visade det för mannen. Han ville att de skulle fortsätta till bergväggen där han natten innan kommit in till denna förunderliga värld. Han pekade först på teckningen och efter det i riktning mot berget. Mannen skakade på huvudet och pekade åt andra hållet. Hemåt. Mikael gav sig inte och började dra i mannens blyrock och rörde sig mot kärran.

Mannen funderade ett tag och tänkte att det kanske ändå inte tar så lång stund. Att det nog snart är överstökat. Pojkens överdrivna fantasi om att han skulle komma från en annan värld behövde överbevisas motsatsen. Det här var nog enda sättet. Han lyfte upp händerna i en gest att: "Ja, ja. Låt gå då."

Mikael, Pernilla och mannen satte sig upp på kärran och gav sig i väg från välstens hydda. De följde grusvägen förbi fälten med axen och fortsatte i sakta mak mot platsen där de äntrade denna värld. Från tryggheten i Timmerlunda till en annan plats så galen.

Mikael mindes inte att han gått så långt innan han kom fram till välstens hydda. Antagligen på grund av chocken av att han vaknade upp någon helt annanstans, än hemma. Nu färdades de i flera timmar.

Molnen hopade sig och temperaturen sjönk samtidigt som vinden ökade något i styrka. Mikael var nära att ge upp, men rätt som det var såg han bergväggen på andra sidan fältet. "Här är det", sa han. Samtidig kände han vattendroppar börja slå mot ansiktet.

Mannen förstod vad han menade utan att kunna språket och stannade hästen.

De gick över fältet mot berget medan regnet ökade i styrka. Nu började det även mullra i bakgrunden och Mikael förstod att ett oväder var på intåg.

De skyndade sig sista biten och just när de var framme vid bergväggen slog blixten ner alldeles vid sidan om dem. Hästen, som stod kvar vid vägen, gav ifrån sig ett skrämt gnägg och mannen vände sig om för att kontrollera att allt var okej med den. När han såg att hästen var okej vände han tillbaka mot Mikael och Pernilla igen som nu gått fram och ställt sig framför bergväggen. Ännu en blixt slog ner, den här gången rakt ovanför dem, uppe på berget.

I exakt samma ögonblick lyste bergväggen upp i ett sken, liknande det som både Mikael och Pernilla fått uppleva tidigare.

"Pernilla!" ropade Mikael. "Kom. Berget öppnar sig!"

Pernilla, som såg hur bergväggen lyste upp från marknivån upp till toppen, greppade tag om Mikaels hand och ropade: "Spring!"

Mannen stod som förstenad en bit ifrån och såg hur väggen lyste upp i alla dess färger. Bergväggen sprakade och lät, och något liknande hade han aldrig tidigare upplevt. Han ville sträcka sig fram för att greppa tag i barnen, men förmåddes inte. Han var alldeles vettskrämd och visste inte vad han skulle ta sig till.

Mikael och Pernilla tog sats och kastade sig in mot skenet. Och lika snabbt kom de tillbaka.

"Igen!" ropade Mikael.

De backade en bit och började sedan springa mot berget som nu lyste upp ännu mer. Och än en gång studsade de tillbaka och hamnade i en hög på marken.

"Men vad fan", sa han och tog sats ännu en gång, men upptäckte snart att det var helt lönlöst. Precis som de tidigare försöken studsade han lika snabbt tillbaka igen. Han satte sig ner med händerna för ansiktet. Pernilla satte sig ner bredvid och la en arm om honom.

Mikael föste undan henne plötsligt och lyfte upp en sten han fått syn på. Han kastade den med allt han hade mot väggen och gav samtidigt ifrån sig ett ursinnigt vrål.

Stenen flög in i väggen och försvann.

"Men", sa Mikael och ställde sig upp kvickt. "Stenen kunde ta sig igenom, men inte vi."

"Vi har inte tillräckligt med kraft och fart", sa Pernilla och såg på honom. "Vi måste ta mer fart."

Hon drog med sig Mikael en bit bort från bergväggen och sa till honom att vi springer på tre. När Pernilla räknat klart tog de sats ännu en gång.

Mannen stod och betraktade dem när de kom farandes mot berget. Han bad en bön inombords att de skulle misslyckas och drog lite på munnen när han fick se att de än en gång studsade tillbaka från berget.

Mikael satt still en lång stund och tittade rakt fram med likgiltig blick, sedan satte han fart mot kärran.

Pernilla tittade efter honom och trodde först att han blivit tokig och att han bara ville därifrån. Men efter att han varit uppe på kärran en stund kom han tillbaka till berget med ett papper i handen. Han försökte skydda den från regnet så bra han kunde och letade samtidigt upp en lagom stor sten. I skydd från regnet band han fast papperet runt stenen med ett snöre och måttade ett kast mot berget som det fortfarande lyste och sprakade om. Men det hade avtagit i styrka och Mikael förstod att han måste skynda sig.

Han höll stenen som en diskuskastare och slungade iväg stenen mot öppningen i berget, och stenen försvann in i dess inre. Direkt efter avtog ljuset i styrka och berget var nu bara sten igen. Molnen öppnade upp sig och solens strålar kunde återigen börja värma upp marken runt omkring dem.

Pernilla gick fram till Mikael, la armen om honom och frågade: "Vad satte du runt stenen?"

Lite moloket svarade Mikael: "Ett brev, till Peter."

De satte sig ner framför berget, ledsna över att de inte lyckats ta sig igenom. Mannen vandrade bort en bit längs med skogskanten för att titta till något han fått syn på.

"Hoppas åtminstone någon hittar brevet", sa Mikael.

"Det tror jag nog. Bara den hamnade på samma ställe som vi kom ifrån. Fast det kan vi ju inte veta, eller hur?"

"Klart den måste ha gjort. Vart skulle den annars…"

Mikael hoppade till och gjorde en paus. "Menar du att den skulle hamnat i en annan värld och inte i vår? Det skulle i så fall betyda, att om vi hade tagit oss igenom kanske vi också skulle hamnat i en annan värld!"

"Jag säger bara att vi inte vet. Vi får ju inget bevis på att den hamnat rätt. Eller hur?"

”Jag tror i alla fall på att den hamnat rätt och att någon kommer att hitta den. Sen får Peter den och kommer på någon bra idé tillsammans med Fille. Och sen kommer de och räddar oss.”

”Det tror jag med”, sa Pernilla, som nu som hade lagt undan sina andra funderingar.

”Och om de kommer hit. Eller rättare sagt, *när* de kommer hit, så behöver de blykläder och mössor. Såg du var mannen gick någonstans?”

”Han försvann bakom svängen där”, sa hon och pekade bort mot skogskanten.

”Stanna här. Jag skall se efter i vagnen om där finns fler klänningar. Ropa om han kommer”, sa han och skyndade sig i väg mot kärran.

Pernilla tyckte inte om situationen som Mikael satt henne i. Att hon skulle hålla koll och han bara drog i väg och lämnade henne ensam kvar. Om mannen kom skulle hon bli tvungen att förklara varför Mikael var inne i kärran och rotade runt. Hon bestämde sig för att ge igen vid ett senare tillfälle. För så behandlar man inte en tjej, hade hon tänkt.

Mikael letade i lådorna och lyckades hitta två set kläder. Lite väl stora kanske, tänkte han när han mätte dem mot sin kropp men bestämde sig för att de fick duga. Han tog fram ett papper till och började rita en karta över vägen till kvinnan och mannens boning. Han tänkte också att han skulle vilja få till någon välkomstskylt med text på, så säker var han nu på att Peter och Filip skulle lyckas med att ta sig igenom. Han tog tag i den översta brädan på en av lådorna och började vrida och dra i den. Efter att tag började den släppa, och när han lyfte upp hela lådan och kastade den ner på vagnsgolvet lossnade brädan helt. Han tog pennan och började författa en fyndig text med stora bokstäver.

När han var färdig skyndade han sig tillbaka till berget igen. Han tryckte fast skylten mellan två stenar och ställde ner påsen med kläderna. Kartan rullade han ihop och la bakom skylten.

Pernilla hade under tiden beskådat Mikaels energi. Sett hur han lyst upp när han fixat med kläderna och skylten. Han hade stolt visat henne kartan och hon hade lotsats att hon tyckt att den var helt perfekt. Nu hade hennes ilska över att han lämnat henne med ansvaret att hålla koll falnat, och hon var inte lika arg längre.

När mannen kom ut från skogen hade barnen precis tagit sig tillbaka till kärran. Vad han hade gjort där inne i skogen hade de egentligen ingen aning om. När de påbörjade färden tillbaka frågade Pernilla Mikael vad han trodde. När han svarade, "Han var nog inne i skogen och sket", kunde hon inte stå emot och brast ut i ett hysteriskt skratt.

Rune Erixson hade varit ute i skogen hela dagen utan någon tur med jakten. Han hade hoppats på åtminstone ett par harar, men just den här dagen verkade det som om att alla harar gått i ide. I alla fall höll de sig undan från Rune.

Vildmarksbyxorna slog mot de låga buskarna och en och annan tagg fastnade i tyget från hallonsnåret när han rundade berget i en vid lov. Han följde skogskanten och närmade sig en öppen plats framför en bergvägg. Han rättade i ordning remmarna på ryggsäcken som börjat kana ner från hans smala axlar. Jackans material var hal och han önskade att han hade tagit den tjockare jackan i stället, den med ett mer grövre tyg. När han kom fram till den öppna platsen tog han av sig ryggsäcken, fällde ut den inbyggda sittpallen och tog upp termosen. Satte sig ner och pustade ut.

Rune kände till skogen runt Timmerlunda som sin egen hand. Skogen var en del av marken som han och de övriga i jaktlaget arrenderat i över tjugofem år, så en och annan tur hade det allt blivit. När han var ensam ute i just den här delen av skogen drogs han oftast till den här platsen. Den vackra utsikten med bergsknallen bakom och den öppna fina plätten vid sidan om. Som barn var han ofta här med sina kompisar och det hände även att de satte upp ett tält och övernattade ett par nätter. Han har alltid känt att det varit något magiskt med just den här platsen. Han fick alltid en speciell *känsla* i kroppen när han närmade sig, något som vaknade upp inombords. Något som, liksom gjorde honom levande. Men till skillnad från Mikael, Pernilla, Peter och Filip hade han aldrig sett berget lysa upp.

Han hällde upp en kopp och smuttade lite på det varma kaffet, ställde ner den på marken för att plocka upp en av de fantastiskt goda kanelbullarna som hans fru Ingegärd bakat. Tog ett ordentligt bett och sträckte sig ner efter koppen igen. Just när han greppade tag i koppens öra la han märke till en sten omlindad med ett snöre. Han lät koppen stå kvar och sträckte sig efter stenen. När han fick upp den i handen såg han att där fanns ett papper fastsurrat om stenen.

Det här var märkligt, tänkte han, tryckte in sista biten av bullen i munnen och började nysta upp snöret. När han fick loss papperet vecklade han ut det och kunde se att det fanns text på den.

Han läste för sig själv, "Jag lever men jag kan inte ta mig tillbaka. Om du läser detta så rädda mig snälla. Ta dig till tältplatsen och vänta på en öppning i berget, du vet när du ser den. Micke"

Hans första tanke var att det antagligen varit några småungar här och lekt någon lek. Även den usla stavningen tydde på det. Men när han vände på brevet och fick se att där fanns en adress, blev han ändå lite osäker.

Varför vara så seriös annars, tänkte han.

Rune vek ihop brevet och stoppade ner det i fickan, plockade upp en bulle till och tänkte inte mer på brevet den dagen.

Ett par dagar senare, när Ingegärd skulle köra en sextiograderstvätt tömde hon fickorna på Runes jaktbyxor. Hon la upp sakerna på tvättmaskinen och tryckte in byxorna tillsammans med det andra i maskinen. Vred vredet till sextio och tryckte på startknappen. Hon tog med Runes saker och gick in till honom i köket.

"Jag lägger dina grejor i hallen", sa hon tvärt.

"Nej. Lägg det här på bordet så skall jag rensa lite bland dem", sa Rune och la ner slutstycket till sin älgstudsare som han var i färd med att rengöra.

Han tog först upp snusdosan och skakade på den. Konstaterade att den var tom och la den åt sidan. Då fick han syn på det hopvikta brevet.

"Ingegärd", ropade han. "Kom får du se vad jag hittade häromdagen."

Ingegärd, som redan hunnit halvvägs upp till övervåningen vände om med en suck. När hon kom ner berättade Rune om brevet och lät henne läsa det. Ingegärd fann det lite märkligt, men tyckte att han skulle gå och lämna det på adressens brevlåda, eller rent av posta det. Hon tänkte att det kanske var något spex och att det hade varit lite roligt att se till att brevet kom fram.

Rune höll med, och dagen efter la han brevet i ett frankerat kuvert, skrev dit adressen som stått på brevets baksida och la det i postlådan utanför den lilla servicebutiken mitt i Timmerlunda.

Mikael och Pernilla kom tillbaka till huset, trötta efter den långa turen tillbaka från berget. När kvinnan såg dem komma gick hon snabbt ut för att välkomna dem tillbaka. Hon såg länge på Pernilla och log mot henne. Nu hade de helt plötsligt *två* barn att ta hand om och hon blev varm inombords.

Mikael, Pernilla och kvinnan gick in i huset medan mannen stannade kvar ute. När de kommit in tog de av sig de tunga kläderna och satte sig ner vid bordet.

Pernilla tryckte sin sjal mot ansiktet och drog ett djupt andetag. Sedan sa hon till Mikael: "Jag hade den på mig den där kvällen när jag drogs in i berget. Efter jag vaknade upp såg jag ändan på sjalen hängandes i bergväggen. Jag försökte dra loss den, men det gick inte. Men jag är så glad att du fick den med dig."

"Ja, det var ju den som fick mig hit. Hade den inte hängt fast där i bergväggen hade jag antagligen aldrig kommit hit."

"Jag tror det var menat. Med sjalen alltså, och att någon skulle hitta den."

"Kanske det", sa Mikael och gjorde en liten paus. Därefter fortsatte han: "Tror du att fler kan ha kommit hit till den här världen, eller är vi de enda från vår värld tror du?"

"Jag vet inte. Kanske är vi de enda."

Barnen satt länge och pratade om vad de hade varit med om. De försökte också komma på ett sätt att ta sig tillbaka. Det hade verkat omöjligt att ta sig igenom det upplysta berget. När de kom hit *sögs de in,* men att ta sig tillbaka, i den andra riktningen, verkade mycket svårare, kanske stört omöjligt. Men stenen försvann in i alla fall, hade de konstaterat. Men de visste såklart inte ifall den tagit sig hela vägen, eller ens om den hamnat i Timmerlundaskogen. Den kanske dök upp i en helt annan värld.

Kvinnan satt bredvid och försökte förstå vad de pratade om, men hade svårt för att tyda deras kroppsspråk. Och orden som kom ur deras munnar var helt obegripliga för henne. Hon ville så gärna kunna prata med dem och funderade på hur det skulle gå till. Hon hade minst tusen frågor.

Hon rotade fram en gammal skolbok med bilder i som hon en gång hittat i ett övergivet hus och la upp den på bordet. Visade den för barnen och försökte förklara att hon ville att de skulle försöka lära sig deras språk.

Mikael och Pernilla öppnade upp boken och förstod direkt att det var en skolbok. Där fanns bilder på allt möjligt och vid sidan om fanns tecken som såg väldigt märkliga ut.

Kvinnan drog till sig boken och bläddrade tillbaka till första sidan, efter det pekade hon på en bild som visade en kvinna. Efter det uttalade hon ordet som stod vid sidan om. Barnen försökte härma henne så bra de kunde och när kvinnan var nöjd fortsatte hon till nästa bild. De satt länge vid bordet, tråcklade med orden och försökte åstadkomma läten som de aldrig tidigare hade uttalat. Ibland brast de ut i skratt och kvinnan kunde inte stå emot att skratta med.

Mannen kom in efter ett par timmar. Hungrig. Det förstod Mikael när kvinnan lyfte upp luckan i golvet och satte i gång med matlagningen. Han funderade på hur många middagar det kunde bli under en dag i den här världen. Med tanke på hur långsamt tiden går så borde det bli en hel del måltider. Redan nu var de uppe i tre, fyra, men då hade de också varit i väg från huset i nästan åtta, tio timmar.

Efter måltiden tog mannen tag i Mikaels hand och visade att han skulle följa med in till det inre rummet. Pernilla reste sig upp för att gå med, men mannen höll upp handen i en stoppgest. Mikael blev först orolig, men när mannen log och manade honom att följa med gick han med på det.

Inne i rummet gick mannen fram till ena hörnet och lyfte upp en lucka i golvet. Ur hålet lyfte han upp något som var inlindat i ett tyg. Han höll upp det lilla paketet i handen och blottade innehållet. Det var en skinande blank revolver och ett paket patroner. Han pekade på revolvern och gjorde en grimas och visade tänderna.

Mikael förstod direkt vad han menade och han blev stolt över mannens förtroende för honom. Mannen visade att han litade på pojken genom att avslöja revolverns gömma och att Mikael skulle hjälpa honom att skydda hans kvinna om en välst skulle komma när han själv inte befann sig inne i huset.

Dagen gick och Mikael och Pernilla försökte fördriva tiden med allt möjligt: de övade på deras språk, lärde sig spela ett spel som kvinnan visat dem, undersökte husets alla hörn - vilket gick ganska fort med tanke på hur litet det var -, var ute en stund och hjälpte till med hästen och tittade igenom sidobyggnaderna för att se om där fanns något roligt att göra. De hittade en massa plankor och bestämde sig för att försöka bygga något.

En stol, hade Mikael sagt, men Pernilla tyckte att han tog i lite för lite.

"Varför inte en soffa. Så mycket material som det ligger här så tycker jag att vi slår på stort."

De höll på länge. Det sågades, spikades och till slut var den färdig. Mannen hade tittat till dem emellanåt, men mest skakat på huvudet åt deras skapelse.

Det var en märklig soffa. Normalt sitter man bredvid varandra på en soffa, men inte på den här. På den här soffan satt man efter varandra, på rad. Och med hjälp av kedjorna som de satt fast vid ändarna gick den även att hänga upp i ett träd

Resten av tiden fortsatte de med att försöka komma på ett sätt att ta sig tillbaka hem. För det var ändå huvudmålet.

De funderade på varför stenen lyckats ta sig igenom och kommit fram till att det måsta ha varit hastigheten den kommit med. Och tyngden, kanske. De var inga Einsteins direkt, men lite hade de i alla fall bakom pannbenen.

Dagen löpte på och när solen äntligen gick ner över horisonten och de låg där på golvet i köket som kvinnan bäddat i ordning åt dem, tänkte de på sina familjer och hur mycket de längtade tillbaka hem. De låg tysta, och när ögonen på Mikael började gå i kors la han sig med ryggen mot Pernilla. Med tårar kvar i ögonen somnade Mikael. Pernilla vände sig mot honom och la armen över hans kropp. Sedan sov de tryggt, länge. Ända tills helvetet bröt loss.

Mikael vaknade upp av att kvinnan ryckte i honom och ropade något på hennes språk. Mikael förstod att det var allvar och satte sig upp.

Pernilla flög upp och skrek i panik. Hon hade blivit väckt mitt i en mardröm, där den hemska varelsen försökt äta upp henne. Levande!

Kvinnan fortsatte att dra i Mikael och han såg att luckan i golvet var öppen. Och nu hörde han även lätet utifrån, ett gurglande vrål, och han hade helt klart för sig var det kom ifrån.

Pernilla kastade sig efter Mikael och förstod även hon att något hemskt var på väg att hända. Hon såg mannen gå mot dörren för att regla den med de extraplankorna som var uppställda vid sidan om. I samma ögonblick som mannen lyfte upp den första plankan kom dörren farandes in med en sådan kraft att mannen trycktes in i motsvarande vägg och blev liggandes livlös.

Kvinnan kastade ner Mikael genom golvluckan och tog tag i Pernilla och gjorde samma sak med henne. Efter det stängde hon igen luckan och hann precis lägga över den stora, tjocka mattan för att dölja dess existens innan välsten kom in i huset.

Mikael och Pernilla låg knäpptysta nere i matkällaren. Ovanför hörde de välstens fortsatta vrål och bärsärkagång. De hörde kvinnans skrik när hon kastades in i eldstaden för att därefter tystas helt. Från mannen, som inte vaknat upp efter välstens entré, hördes det inget ljud ifrån, och de förstod att han måste ha svimmat. Det enda ljud han gav ifrån sig var den sista utandningen när välsten satte grepen rakt in i hans mage, men det ljudet letade sig aldrig ner till matkällaren.

Barnen var helt tysta. Vågade inte ens röra sig det minsta. Livrädda att luckan närsomhelst skulle ryckas upp av den förskräcklige varelsen. De hörde hur den gick omkring där uppe, fortsatte löpa amok på allt som fanns därinne i huset. Möbler som kastades runt och glas som splittrades. Efter det blev det helt tyst en kort stund, förutom ljudet från en knarrande golvplankan rakt ovanför dem. De väntade på att luckan skulle slitas upp.

Sedan hörde de ljudet från fotsteg, något som släpades, en dörr som slog in i väggen. Ett djupt gurglande läte. De hörde hästens panikartade gnäggande när den tvingades fram till kärran. De hörde två kroppar kastas upp på flaket.

Dunk, dunk!

Därefter knastret från gruset när kärrans hjul sattes i rullning bort från huset.

Kapitel 6

Det var inte lätt att ta sig igenom den sista snåriga biten av skogen. De hade stött på patrull i form av stora virvlande taggbuskar nästan direkt efter den lilla sjön de svalkat sig i, och efter flera timmars kämpande kom de äntligen ut till en äng.

Väl ute ur skogen kände de en härlig vind komma emot dem. En skön svalkande fläkt mot deras varma, svettiga kroppar. Det tog emot att behöva ha på sig de tunga kläderna, de ville helst bara slänga av sig dem, men det var ändå skönt med vinden och det svalkade ändå något.

Peter och Filip fortsatte sin färd längs med skogskanten. En bit längre fram såg de en hög klippa som stupade rakt ner, och visst var det en väg som ringlade sig fram där, tyckte de sig se. De ökade takten och efter ett tag var de ute på grusvägen. Där fick de syn på något som liknade ett hus en bit bort. De såg en liten väg gå fram till huset och bergväggen som reste sig strax där bakom. Där fanns också något som liknade en hönsbur på baksidan.

”Skall vi gå fram? Det är kanske där Mikael befinner sig?” frågade Peter.

”Men är det inte för tidigt? Enligt beskrivningen verkar det vara en bra bit kvar”, sa Filip och höll upp kartan framför sig.

”Får jag se”, sa Peter. ”Vi kanske inte kan lita till hundra procent när det gäller Micke. Han kan ha strulat till det rejält när det gäller proportionerna. Det kan ändå vara en idé att kolla. I alla fall höra efter om någon sett honom.”

Filip höll med och de satte kursen mot huset, *hyddan*, helt ovetandes om vad som hänt där bara för en dag sedan. Helt ovetandes att välsten, som Mikael skjutit rätt mellan ögonen och därefter lämnat platsen i tron att: ’han måste vara stendöd’, vaknat till liv igen. Varelsen, vars hjärna mestadels endast fanns där inne i huvudskålen som en rest från dess tidigare ursprung, som blindtarmen hos en människa. En varelse mer likt en reptil, som agerar efter sina reflexer från ryggraden. En varelse, nu mer fasansfullare än tidigare, mer ohyggligare än vad någon kan föreställa sig. Isande hemsk i alla dess former.

Ett riktigt monster.

De saktade ner sista den biten innan de kom fram till huset och studerade det. Det såg märkligt ut. Mer likt en hydda än ett hus. Det verkade helt öde, dörren in till byggnaden stod på glänt och ingenstans syntes tecken på att någon skulle bo där. De beslutade sig för att fortsätta framåt och Peter tog täten.

Framme vid hyddan sköt Peter upp dörren och sa försiktigt: "Hallå." När han inte fick något svar tog han ett steg in i det mörka inre.

Han kände doften slå mot sig och han var tvungen att sätta handen för näsan. Han fortsatte inåt och väntade en stund för att ögonen skulle vänja sig vid mörkret. Till höger fanns en bädd av gräs och lite längre in bakom den en stor trälåda med de axen som de tidigare hade ätit av. Rakt fram en eldstad med ett galler som han gissade fungerade som en grill eller ugn, och till vänster ett litet bord och en stol. Jämte eldstaden stod även ett ställ med en eldgaffel och en liten askskyffel.

Peter fortsatte mot bordet där solen lyste in genom en liten glugg i väggen och fick syn på en teckning som låg där. Han lyfte upp papperet. Han kände att det var av samma kvalitet som brevet han fått av Mikael, samma kvalitet som på kartan han lämnat åt dem. Han lyfte upp den mot det lilla ljus som kom in genom gluggen och fick se en teckning av ett berg som det lyste och sprakade om, och en liten streckgubbe vid sidan om. Bredvid streckgubben stod det: 'Mikael'.

"Titta Filip. Micke har varit här."

Filip tittade på teckningen och såg Mikaels namn. "Vi är han på spåren.", sa han och sken upp.

Samtidigt stängdes dörren in till hyddan bakom Peter och Filip.

Välsten stod vid fältet en bit bort när den såg de två gå mot dennes boning. Käken spändes, och de stora, vassa tänderna visade sig. Dräglet från munnen droppade ner mot den torra jorden, tungan sträcktes ut i en reflex i ett försök att fånga upp det. Välsten släppte sin stålkratta och plockade upp hackan i stället. En hacka i järn, som han tidigare mödosamt och noggrant slipat vass för att lättare kunna hugga sönder de hårda, sega rötterna från ogräset som mer och mer tagit över fältet.

Den gick sakta därifrån och följde fältets utkant i riktning mot hyddan. En nära två meter lång dödsmaskin med en kropp som ett rovdjur. Muskulös och ivrig efter kött, med ett misslyckande nära i minnet. Även om kulan, som Mikael så vackert placerat djupt inne i välstens hjärna och som nu låg och blockerade vissa funktioner, kunde välsten fortfarande minnas. Den här gången fick den inte misslyckas, och en av dem skulle ätas upp på direkten.

När den närmade sig hyddan såg den de två gå mot dörren. Välsten gjorde sig så liten som möjligt, försökte krypa ihop så gott den kunde för att inte bli upptäckt. Salivproduktionen ökade i intensitet och den började få svårt att koncentrera sig. Kulan från Mikael hade trots allt gjort en del skada hos välsten. Den hade fått en mer ryckande gång, ben och armar lydde inte till hundra procent längre. Även tankekapaciteten hade minskat, den var inte längre lika klipsk som tidigare, men inte heller helt intelligensbefriad. Den kunde fortfarande planera, och planen var att slå ihjäl den ena på direkten och spara den andre till senare.

De två gick in i hyddan och välsten behövde inte längre gömma sig. Den sträckte ut sig i dess fulla längd och ökade farten i riktning mot dörren. När den kom fram ställde den sig utanför för att lyssna. De pratade där innanför med ett språk han inte förstod, men välsten kände igen det från den lilla personen den hållit i fångenskap tidigare.

Välsten rörde sig ljudlöst in genom dörren med hackan i slagläge och stängde dörren efter sig.

Peter och Filip vände sig om unisont och fick se ett monster bortom deras fantasi. I dess hand höll den i en hacka redo för slag. Välsten kom snabbt emot dem och Peter och Filip kastade sig åt varsitt håll.

"Eldgaffeln", ropade Peter uppmanande till Filip som slängt sig åt eldstaden till.

Filip hann precis rulla runt när hackan kom farandes i hög fart mot honom och slog ner i stengolvet ett ynka par centimetrar från hans ena arm. Han hörde Peters uppmaning just när han befann sig vid sidan om ställningen med gaffeln och han fick tag i den i farten samtidigt som han rullade runt och hamnade bakom den monsterliknande varelsen.

Välsten drog till sig hackan igen och började måtta ett andra slag, den här gången mot Peter som låg intryckt mot väggen. Infångad, med ingen chans att fly.

Filip hade nu ställt sig upp bakom välsten och greppade tag om hackan med ena handen som just skulle starta sin dödliga färd mot Peter. Det var med nöd och näppe att han orkade hålla emot. Han ville inte släppa och förlora eldgaffeln för att få ett bättre tag, men fattade ett snabbt och viktigt beslut: att kasta eldgaffeln mot Peter.

Peter sträckte sig fram och fick tag i den, tryckte den framåt mot välsten med hela sin kraft. Eldgaffeln letades sig in i magen på välsten och från dennes vrål att döma tog den helt rätt. Filip som hållit emot hackan fick den plötsligt i handen. Han reagerade blixtfort. Han tog ett steg bakåt och drog till hackan i ett slag mot välstens huvud. Den träffade välsten rakt in i bakhuvudet och satte sig så hårt att skaftet bröts av.

När välsten sakta började sätta sig ner på knäna drog Peter ut eldgaffeln, sedan tog han fart med den mot välsten hals och pressade in den tills gaffels tenar var helt intryckta. Från halsen ena sidan sköt blodet ut som från en fontän.

Välsten hamnade liggandes på stengolvet med blodet forsande ut från dess hals. Ögonen pekade rakt ut och ur dess hals kom ett djupt gurglande läte.

De skyndade sig ut från hyddan, Peter lyckades få med teckningen som legat på bordet.

"Vad fan var det för något", skrek Filip när de kom ut i solljuset igen.

Peter ställde sig skakandes mot hyddans vägg och panorerade runt med blicken för att försäkra sig om att där inte fanns några fler förskräckliga varelser. "Inte en aning", sa han. "Men om Micke har råkat ut för den så är jag riktigt orolig. Vad gjorde hans teckning där?"

"Det är säkert lugnt Peter. Micke klarar sig alltid. Det vet du väl."

"Jag vill titta runt på tomten för att se efter om där finns några spår efter honom", sa Peter, fortfarande omskakad efter välstens försök att döda dem, men också från att hittat teckningen från Mikael, och därmed vetskapen om att han befunnit sig där.

När de kom runt till baksidan hörde de ett ljud. De hukade sig snabbt ner och försökte lokalisera varifrån det kom ifrån.

Peter kände hur det isade i kroppen, rädd för att det hemska kanske inte helt var över än.

Sedan hördes ljudet igen, lite mer tydligt denna gång.

”Det är en häst”, sa Filip och pekade mot andra sidan hyddan. ”Jag ser den. Där!”

Spänningen släppte hos Peter som blev lugn igen. ”Oh shit. Där var det nära att jag sket på mig.”

De gick fram till hästen och såg tydligt olikheterna med de hästar som de var vana vid. Än en gång blev de påminda om att de befann sig långt hemifrån.

Hästen uppfattades först som lite nervös, men efter ett tag när den fått bekanta sig vid de två lugnade den ner sig. De upptäckte kärran och förstod att de nu slapp fortsätta sin färd efter Mikael till fots. Hädanefter blev det ifrån en hästkärra i stället. De kopplade kärran till hästen och fortsatte med att utforska resten av tomten. De letade efter spår från Mikael, tecken på att han befunnit sig där.

De gick förbi den tomma buren och fortsatte fram till ett litet skjul som låg tätt intill.

Genast kände de en fruktansvärd doft och de gjorde sig beredda på det värsta. Insekter surrade omkring dem och när de närmade sig skjulet ökade de i antal. Både Peter och Filip saktade ner och tvekade sista biten innan de var framme vid skjulets ena kortsida där dörren in var belägen. Tvekandet till trots bestämde de sig ändå för att ta en titt. Sakta öppnade de dörren och innanför fick de se två personer hängandes i en takbjälke.

Båda två ruggade snabbt tillbaka, överraskade av den hemska synen.

"Åh fy fan", sa Filip och vände sig om. "Kom vi går härifrån."

"Vänta lite", sa Peter som också vänt sig om och var nära på att spy. "Jag måste se efter en gång till."

Han hade snabbt stängt ögonen när han såg kropparna där innanför. Han hade inte hunnit se mycket av dem och visste inte om en av kropparna var Mikael. Han var tvungen att se efter en gång till.

När han kommit över den värsta reaktionen tittade han försiktigt in igen. Han kunde se kropparna från två vuxna personer. Den ena saknade armar och ben och golvplankorna under dem var färgade av intorkat blod. Ingen av dem var Mikael. Det var han säker på.

Efter ett tag kunde Peter äntligen lugna ner sig. Inga spår efter Mikael. Teckningen de hittat inne i hyddan måste kommit hit på något annat sätt. De puttade igen dörren efter sig och innan de gav sig i väg tittade de in i hyddan igen för att försäkra sig om att monstret de trodde sig dödat fortfarande låg kvar på golvet.

Det gjorde den. Och de var helt säkra på att den var död.

"Får jag se på kartan", sa Filip och sträckte fram handen.

Peter gav honom kartan.

"Vi kom härifrån", sa Filip och pekade på ett av sträcken som Mikael ritat. "Det betyder att vi behöver fortsätta tillbaka en bit för att sen vika av mot höger."

"Verkar stämma. Kom igen nu, så drar vi vidare", sa Peter ivrigt och gick mot sin ryggsäck.

"Har du någon mer Pucko?"

"Nej, bara vatten", ljög Peter, som sparat undan en flaska till Mikael.

De hoppade upp på kärran och fick hästen att börja traska på framåt. De åkte i flera timmar på den kruttorra grusvägen. Värmen var nästan outhärdlig, men de kämpade på med bara ett mål i siktet: att finna Mikael.

En bit bort på himlen såg de ett par rejält stora moln närma sig. De hoppades på regn. Ett härligt svalkande regn. Molnen rörde sig fort mot deras håll och redan efter ett par timmar kunde de känna de första dropparna slå mot ansiktet. Solen skymdes och det tog inte lång tid innan temperaturen sjönk till de normala sommarnivåer som de var vana vid hemifrån. Det var härligt när deras varma kläder kyldes ner, och när deras mössor blev dyngblöta av regnet kände de hur kraften började återvända till deras slitna kroppar.

”Så skönt”, skrek Filip rakt ut i luften. ”Nu börjar det likna något.”

”Ja, härligt”, kontrade Peter med, lite mer modest. Inne i hans hjärna hade funderingarna aldrig slutat att jävlas med honom. Han kunde inte släppa tankarna från Mikael. Kommer de att hitta honom? Hur länge skall de fortsätta leta innan de ger upp? Helst aldrig, intalade han sig, men förstod samtidigt att de inte kunde hålla på i en evighet. Visst, de hade inte varit här så länge än, men han ville ändå vara förberedd på det värsta. Mikael hade varit försvunnen i tio år och någonstans inom honom förstod han att han kanske aldrig skulle komma tillbaka. Och att överleva i tio år i den här helknäppa världen!

"Försök få upp farten på hästskrället", sa Filip överenergiskt.

"Du är galen, ta det lugnt. Vi vet inte hur långt det är kvar och inte heller hur skicket är på hästen. Den kanske är gammal. Och du minns väl att det är Micke som ritat kartan!"

"Ha, ha", skrockade Filip. "Ja, det minns jag. Och jag minns också Timmerlunda Skattletardag för tio år sedan. Minns du?"

Det gjorde Peter. Och han mindes också hur allt slutade i full kalabalik när ett av lagen gick vilse den natten, och hur Filip, inte Mikael den här gången, visade sig vara den skyldige och blev till sist utskälld av deras föräldrar.

*

Det var som vanligt den sommaren, riktigt varmt, och föräldrarna för barn i årskurs sex skulle traditionsenligt ordna med en skattletardag helgen efter skolavslutningen. Under normala förhållanden, vid normala somrar då det inte var så förskräckligt varmt, brukade skatten placeras långt inne i skogen. Närapå en mil in. Men nu bestämdes det att det skulle räcka med ett par kilometer.

Alla barn och föräldrar, inklusive bröderna Proppmätt och deras rejält överviktiga föräldrar, samlades vid Sjöns badstrand en lördagsmorgon och mottog varsin karta. Konstellationerna på lagen fick se ut hur som helst: som en familj, ett kompisgäng, eller något däremellan. Bara så länge man inte gick ensam, det var tabu!

Självklart skulle Peter, Filip och Mikael vara ett lag. Och de skulle vinna storstilat, var deras plan. Men när allt var över visade det sig att de skulle komma på absolut sista plats. Det som började så bra slutade i en fullständig katastrof.

När gonggongens hördes sprang alla först åt samma håll. Men efter någon kilometer började de flesta välja egna riktningar efter egna tolkningar av kartan. Två av lagen som valde samma håll var De Tre Storstiliga och Familjen Proppmätt. Peter, som var helt säker på att de valt rätt väg sa åt Mikael och Filip att de måste försöka förvilla bort De Proppmätta på något sätt. Det var då Filip kom på den kanske inte så jättebriljanta idén att försöka sno åt sig deras karta.

När familjen Proppmätt saktade ner farten efter ett par kilometer såg Filip sin chans. Familjen satte sig ner och plockade fram mackor och dricka. Filip tvekade en stund, men gick till slut fram och frågade efter något att äta. När deras mamma bröt av en bit från hennes egen smörgås för att ge till Filip, passade han på att smussla med sig deras karta. Filip tryckte fort in mackan i munnen och tackade allra ödmjukast. Efter det vände han snabbt på klacken och gav sig i väg tillsammans med Mikael och Peter längs kartans förutbestämda riktning.

Kvar blev Proppmättfamiljen utan karta och inte en aning om hur de skulle ta sig vidare. Varken mot skatten eller tillbaka till Timmerlunda. I ett helt dygn irrade de omkring i Timmerlundaskogen innan de till slut lyckades ta sig hem. Helt utsvultna.

När grabbarnas föräldrar senare fick reda på att det var just deras barn som var ansvariga till att familjen Proppmätt blev vilse i skogen, såg de till att ge dem en ordentlig läxa. Laget blev förpassat till absolut sista plats i tävlingen och Filip fick sig en ordentlig utskällning. Till och med från sin pappa, som försökt dölja ett litet flin på munnen när han svor de ovackra orden mot sin älskade son.

"Stanna lite", sa Filip när de närmade sig en sidoväg.

Peter drog till sig remmarna och hästen stannade.

”Jag funderar på om vi kanske skall svänga av här”, sa han och tog fram kartan.

Sidovägen var lite mindre än den de färdats på och när de undersökt Mikaels karta kom de fram till att det borde stämma. De fortsatte in på den mindre vägen.

Efter någon timme såg de ett litet hus med en sidobyggnad. De var försiktiga och noga med att försäkra sig om att det var rätt hus, och inte ett sådant där ett monster bor i. De var rätt säkra på att det fanns fler av den sorten. Varför skulle det inte finnas?

Efter att de smugit omkring runt huset och försökt titta in genom de små fönstergluggarna kom de fram till att huset var tomt. Dörren stod på glänt och de gick in.

Det var stökigt inne, bord och stolar låg huller om buller och på golvet i ena hörnet låg det filtar och kuddar. Peter gick fram och lyfte upp en av kuddarna. Han luktade först försiktigt på den och när han tyckte sig känna igen doften av Mikael tryckte han den hårdare mot ansiktet.

”Vi har kommit rätt. Mikael bor här. Eller *har* i alla fall bott här.”

”Jag vet”, sa Filip. ”Det ser jag på Mickes stavning.”

Peter vände sig om och fick se Filip läsa på en papperslapp som satt på väggen. Han skyndade sig fram för att läsa.

VI BLEV ÖVERASKADE AV MONSTRET OCH
VÅGADE INTE STANA KVAR. LOVA ATT SE UPP
FÖR MONSTRET.
VI VET INTE VART VI SKAL TA VÄGEN MEN VI
MÅSTE GE OSS I VÄG. MICKE

"Vi", sa Peter. "Vilka vi?"

"Antagligen bodde han här med någon annan. Kanske en familj som tog hand om honom. Då har han i alla fall inte varit ensam i alla dessa år", svarade Filip och drog ner papperet från väggen.

Att Filip och Peter antog att Mikael skulle ha befunnit sig i denna värld i så många år var helt naturligt. Det hade trots allt gått tio år sedan Mikael förvann. Hade de vetat att Mikael och Pernilla gav sig i väg från huset tidigt på morgonen samma dag hade deras resonemang sett helt annorlunda ut.

De började undersöka resten av huset för att leta efter tecken från Mikael. De gick först in i det inre rummet, men där fanns bara en säng och ett par andra möbler.

Peter la märke till luckan i golvet när de kom in i det första rummet igen och lyfte på den. Han gick ner och såg maten som fanns där. Det var inte mycket, men ändå så att de kunde få i sig något annat än axen de provat från fälten. Och maten de haft med sig i ryggsäckarna var snart slut.

"Kolla här", hörde han uppifrån.

Han tog med sig en del av maten upp och la det på bordet. Filip satt på en stol och höll i en massa teckningar han plockat upp från golvet.

"Det ser ut som om att Micke ritat de här", sa han och höll upp dem för Peter. "Men något som verkar konstigt är att det ser ut som om att han varit max tolv, tretton år när han ritat dem. Det kanske var länge sedan han bodde här."

"Verkligen", sa Peter när han tittat igenom teckningarna. "Jag håller med, men så hemskt länge sedan kan det ändå inte varit. Se på grönsakerna som jag tog med upp ifrån källaren. De ser ju väldigt fräscha ut."

"Märkligt", sa Filip efter att slängt ett öga på grönsakerna. "Men det är väl knappt någon idé att stanna kvar för att se om han kommer tillbaka i alla fall? Jag tror ju ändå att det måste varit ett bra tag sedan han befann sig här."

"Vi stannar kvar och fixar till lite mat och funderar ut något. Men det blir inte lätt att komma fram till var han kan befinna sig. Det enda vi kan göra, som jag ser det, är att fortsätta bortåt på den större vägen. Vi kom ju från det andra hållet och däråt tror jag inte de kan ha gått. Med tanke på monstervarelsen vi träffade på", konstaterade Peter.

"Okej, vi kör på det", svarade Filip och började titta igenom högen av grönsaker. Han kände inte igen någon av dem, men de påminde om potatis, morötter och en del andra grönsaker han var vad vid hemifrån.

De lyckades få eld i spisen och lagade till en soppa, chansade att lägga i lite av det som påminde om kryddor, vilket visade sig vara lyckat. Det smakade gått och de var ordentligt mätta när allt var uppätet.

Efter maten passade de på att fylla sina vattenflaskor från tunnan de upptäckt när de lagade till soppan. Vattnet smakade förvånansvärt bra och än en gång funderade Peter på när Mikael kunde varit här senast: 'Det kanske var rätt nyligen i alla fall'.

De blev lite trötta efter maten och la sig ner på golvet vid filtarna för att vila. De bullade upp kuddarna och la i ordning filtarna under sig och gjorde det bekvämt. Max en timmes vila hade de bestämt, sedan skulle de ge sig i väg för att fortsätta sitt letandes efter Mikael.

Kapitel 7

Det tog lång tid innan de vågade ta sig upp från matkällaren. De var livrädda för att varelsen skulle finnas kvar där ovanför, sitta blick stilla vid bordet och upptäcka dem när de öppnade luckan. De visste inte hur länge de väntat, men det kändes som flera timmar.

Knäpptysta och med armarna om varandra satt de kvar där nere i källaren. De hade väntat tills det våldsamma tumultet avtagit och sedan hört vad de trodde var ljudet av en hästkärra försvinna bort från huset. Ändå kunde de inte vara helt säkra. De förstod också att monstret de dödat var inte den ende här. Det fanns fler. De undrade om den som överraskat dem mitt i natten såg likadan ut som den de dödat.

Hade de hunnit se den innan kvinnan skickade ner dem i källaren hade de sett hålet i dess panna, att det var samma välst som Mikael trott sig dödat tidigare.

Mikael tog mod till sig att lyfta upp luckan. Han tryckte sakta upp den, men upptäckte genast att den tjocka mattan låg i vägen. Han var tvungen att öppna den helt för att se något. När luckan var helt öppen såg de vad de hade hoppats på: huset var tomt. Men de förstod att de var tvungna att snabbt lämna huset, risken att varelsen skulle komma tillbaka var alltför stor.

De fyllde en korg med så mycket mat de fick plats och gick upp från källaren. De tog på sig sina ytterplagg för att ge sig i väg, men först satte de upp en lapp med ett budskap till Peter, om han skulle lyckas hitta hit och finna att huset var tomt. De visste inte var de skulle ta vägen och Mikael var orolig att de inte skulle bli hittade. Men här kunde de absolut inte stanna kvar. Risken att monstret skulle komma tillbaka var alldeles för stor.

När de var på väg ut från huset kom Mikael plötsligt ihåg revolvern mannen visat honom. Han vände i hallen och gick tillbaka in för att hämta den. På väg ut igen stannade han till och såg sig om i huset. Han ville lägga på minnet hur det såg ut. Det hade i alla fall varit hans hem ett tag nu och han var osäker på om han skulle få se det igen. Han tänkte även på kvinnan och mannen. De hade varit hans tillfälliga föräldrar och han saknade dem alla redan. Han var ledsen över vad som hänt och han önskade att han tänkt på revolvern redan innan kvinnan föste ner dem i källaren. Att han hade skyndat sig in till det inre rummet och hämtat revolvern redan då. Då kanske han hade lyckats rädda dem.

Men allt hade gått så fort. Och han blev överraskad i sömnen.

Mikael och Pernilla gav sig i väg från huset, utan en aning om vart de skulle ta vägen. Tillbaka mot och förbi monstret, som kunde vara vid liv fast Mikael skjutit den mitt mellan ögonen var inget alternativ. De måste först bort från området och därefter försöka hitta en annan väg tillbaka mot berget. De var fast beslutna om göra ett försök att ta sig tillbaka hem. Bara berget var öppet för dem när de kom fram.

De gick sida vid sida på grusvägen som ledde fram till första korsningen. Därefter tog de av till höger, i hopp om att finna fler alternativ längre fram.

De gick tysta utan att säga något till varandra. Båda två kände sig nere och kunde inte riktig ta in det som hänt dem. Pernilla var den som hade tagit det hårdast. Inne i hennes huvud spelades händelsen från huset upp om och om igen: lätet från varelsen, kvinnans skrik och ljudet från deras kroppar när de blev uppslängda på kärran. Hon önskade att det bara var en mardröm alltihop, att hon skulle vakna upp och att allt bara varit en dröm. I över en dag hade hon befunnit sig här nu, men i hennes tidsuppfattning kändes det som över en vecka. Och i Timmerlundavärlden hade det nu gått mer än tio år. Men det hade hon såklart ingen aning om.

Mikael tänkte på sin bror och undrade om han någonsin skulle lyckas med att ta sig hit. Han kanske redan hade försökt. Stått och väntat vid berget fast ingenting hade hänt. Inget gnistrande ljus. Ingen öppning som visat sig och ingen sugande kraft som dragit i honom, velat ta tag i honom för att skicka i väg honom långt, långt hemifrån till den värld som hans tvillingbror nu befann sig i.

Hans bror *hade* lyckats. Och med sig hade han Filip. De båda satt just nu i denna stund lite vilsna vid berget och undrade var de hade hamnat. Något som Mikael såklart inte hade någon aning om.

När Mikael och Pernilla kom fram till nästa korsning valde de att ta vänster, i ett försök att komma runt hela det området där de spenderat sin tid i denna märkliga värld. I flera timmar fortsatte de längs vägen och fick se jättesolen sakta resa sig på himlen. Hettan från solen blev allt starkare, men de kunde samtidigt hoppfullt se ett sammanhängande molntäcke röra sig mot deras håll från motsatt sida om solen. De hoppades på att det skulle fortsätta hålla ihop och röra sig mot solsidan för att till sist täcka den helt. Skulle de orka att fortsätta sin färd till fots behövdes det skugga, och helst gärna lite svalkande regn också.

Skugga fick de, i form av höga träd. De hade nu kommit in i en tät skog med väldigt höga träd och vägen blev allt smalare.

Pernilla la märke till det först, ett mullrande dovt ljud som knappt var hörbart. Hon kände det först inne i kroppen, inne i lungorna och trodde att hon hade råkat ut för något, att något var fel på henne. Men efter ett tag förstod hon att det kom från någon annanstans, långt bort. När hon stannade upp och frågade Mikael om han hörde något konstigt ljud stannade han till och spetsade öronen. Nu kunde även han höra det. Det lät som ett ihållande åskljud som varken avtog i frekvens eller styrka, utan bara malde på. Inte som ett reaplan som kom farandes över himlen och som drog med sig ljudet bort i dess färdriktning. Nej, det här ljudet avtog inte alls, det bara fortsatte att mala på.

Han tyckte sig se i ögonvrån något som rörde sig och tittade in mot skogen. Han förstod först inte vad det var, men när han verkligen koncentrerade sig såg han hur marken rörde på sig. Det var som att det översta jordlagret låg lite ovanför marken och han antog att det kom ifrån vibrationerna. Och nu kände han det i benen också.

Han blev nyfiken och försökte lokalisera varifrån ljudet kom ifrån. Han vred sakta på huvudet från ena hållet till det andra och när han stannade upp sa han åt Pernilla att de skulle fortsätta följa vägen fram till fältet de nu såg en bit bort för att sedan gena över det. I riktning mot ljudet. Pernilla var med på noterna och de fortsatte framåt i ett högre tempo, nästan småspringandes tills de kom fram till fältet. Där svängde de av i ljudets riktning.

Efter ungefär en timme kom de upp till kanten av en ås och kunde blicka ner mot ljudets källa. Förvånade stod de länge och begrundade den märkliga scenen som utspelade sig nedanför sluttningen. De såg något de aldrig tidigare sett.

En barskrapad yta som sträckte sig så långt man kunde se. En svag ljus dimma av stendamm svävade över marken där nedanför. Berget befann sig i dager och med jämna mellanrum fanns där gigantiskt stora hål. Närmast, invid kanten på åsen nedanför, utspelade det sig ett skådespel som fick Mikael och Pernilla att häpna.

Något som kunde liknas ett enormt stort trähjul, liggandes ner och med ett slags borr i mitten. Borret var runt tio meter tjockt och det fanns en anordning som gjorde att det kunde sänkas ner i mitten så att ekrarna på hjulet alltid befann sig i marknivå. Hjulet var uppskattningsvis hundra meter i diameter, och vid varje eker, som det fanns sex utav, befann sig uppskattningsvis över femtio personer som tryckte den framför sig, som råttor i ett ekorrhjul. En borrmaskin driven av människor. Eller närmare bestämt, välstar.

"Men herregud!" sa Pernilla, helt tagen av vad hon såg nedanför. "Vad borrar de efter tror du?"

"Ingen aning", svarade Mikael. "Men nu vet vi i alla fall var ljudet kommer ifrån."

Friktionen av borret som sakta skar ner i urberget fortplantade sig i omgivningen och färdades långt, långt bort. Först ohörbart och endast märkbart genom vibrationer i marken som fördes vidare in i kroppen, upp in i lungorna. Efter det, det långvågiga, mörka, dova dånet som kändes som om att det först slog lock för öronen, ett obestämt energifyllt bakgrundsljud.

"Vad de än borrar efter så verkar de ha hållit på ett tag, med tanke på alla hålen", sa Pernilla och pekade med handen bort mot horisonten.

Fascinerad av vad han såg sa Mikael: "Det är sådana där monster. Ser du? De måste vara tusentals! Nu vet vi att det finns fler av dem i alla fall."

När de tittade mer noggrant såg de att välstarna var fastbundna i kedjor och att människor manade på dem med piskor. De hade gjort dem till sina slavar. Och uppe på ekrarna gick det omkring personer bärandes på kärl med vatten i som de hällde i urgröpningar i ekern. Där ur drack välstarna som boskap stående i en ladugård. Varken Mikael eller Pernilla kunde komma på vad de borrade efter. De blev mer och mer nyfikna och bestämde sig för att ta reda på det.

En bit bort fanns en stor plåtbyggnad och via en räls kördes vagnar in från ena sidan. Rälsen var dragen från ett av de tidigare borrade hålen där det skyfflades upp borrdamm i vagnarna. Vagnarna drogs av *slavarna* till byggnaden. En hög skorsten spydde ut ett kolsvart tjockt moln av rök.

De såg ut en plats där de gömde maten och revolvern och följde sedan åsen ner på diagonalen i riktning mot det stora plåthuset. De försökte smälta in i omgivningen så gott de kunde.

De rörde sig sakta för att minska risken för att bli upptäckta. De ville absolut inte bli upptäckta. Personerna där nere verkade inte vara speciellt vänliga.

När de kom ner från slänten följde de den ena väggen på byggnaden och började leta efter något hål eller en glipa i väggen som de kunde se in i. På ett ställe gick inte plåten ända ner till marken och Mikael la sig ner för att titta in. Vad han kunde se, så såg det ut som någon fabrik av något slag. På ena sidan ett stort kärl som glödde, och längre in i fabriken fanns det jättelika valsar som drogs runt av fler välstar. Det luktade fruktansvärt. Säkert giftigt, gissade Mikael.

Pernilla tog en titt även hon, sedan fortsatte de längs den långa väggen tills de kom fram till slutet. På baksidan packades gråa plåtar i lådor och först då förstod de att det var blyplåtar som tillverkades här. Antagligen till hus och kläder.

"Jag tycker lite synd om monstren", sa Pernilla. "Inte konstig att de är så fientliga mot människorna när de behandlas så här."

"Eller så är monstren bara monster och i så fall tycker jag att det inte gör något. Kom ihåg att en av dem kanske dödade mannen och kvinnan. Hade den upptäckt oss hade antagligen även vi varit döda. Och den som höll dig fången! Du hade säkert varit uppäten nu om vi inte hunnit rädda dig. Jag tror att de bara är naturligt elaka", fastställde Mikael.

De skulle precis vända sig om för att ge sig i väg när någon grabbade tag i nacken på dem.

Förmannen i blyfabriken såg de två försvinna in bakom byggnaden. Han sa åt en av arbetarna att hålla koll på produktionen och smög efter för att ta reda på vad som var i görningen. Det hände ibland att det stals plåt och nu trodde han att han kanske var tjuvarna på spåret. Blyplåtarna var ett hett byte bland allmänheten och att sälja plåt 'vid sidan om' kunde generera en hel del eftertraktade bytesvaror.

Förmannen var en ovanligt storvuxen person med ett litet speciellt utseende. Somliga påstod, bakom ryggen på honom, att han var en korsning mellan en människa och en välst. Tänderna var sneda, men saknade de rakbladsvassa eggen. Ena ögat var placerat något lägre än det andra och han hade mer hår på kroppen än vad som var normalt. Men egentligen var han bara något vanskapt. Båda hans föräldrar hörde till den här världens människor.

Han kom fram till hörnet till baksidan och kikade fram. Han såg dem titta in genom det lilla hålet i väggen som ännu inte blivit lagat. Han la det på minnet att se till att få det gjort så fort det gavs tid till det. Plåt har vi ju gott om, hade han tänkt när han stod där och såg de två ställa sig upp igen.

När de fortsatte framåt gick han efter och hann precis i kapp dem vid bortre hörnet på byggnaden.

Nu era jävlar har jag fått fast er, tänkte han när han tog
ett ordentligt tag i nacken på dem.

”Nu har jag er, era förbaskade tjuvar”, röt han till dem.

Mikael kände smärtan i nacken och hörde den storvuxna
mannen gorma något som Mikael naturligtvis inte förstod.
Han tittade på Pernilla och såg att hon nästan var på väg att
svimma av mannens kraftiga tag.

”Släpp!” ropade han i panik tillbaka. ”Du stryper oss!”

Mannen blev lite ställd över att få se vad han fått tag i.
Två missbildade personer, och dessutom verkade det som
om att de var barn. Han ryggade tillbaka och Mikael trodde
först att han skrämt mannen med hans rop. Men när
mannen tagit sig igenom chocken tog han åter tag i nacken
på dem och tryckte dem framför sig ut på gårdsplanen. Han
ropade till sig en av männen som befann sig där och sa åt
honom att hjälpa till.

”Vad fan har du fångat för något”, utbrast mannen och
började skratta. ”Är det dina barn?” tillade han sedan, men
ångrade sig rejält när förmannen släppte greppet på ett av
barnen för att ge honom en hurring rakt över ansiktet.

”Nu var du väl jävlig rolig din lille skit. Hjälp mig i
stället med att få in dem i baracken så får vi fundera ut vad

vi gör med dem sen. De små svinen stod och snokade bakom hörnet, antagligen för att stjäla plåt."

Mannen tog sig för kinden och aktade sig för att se förmannen i ögonen. Han tog tag i Pernilla och följde efter förmannen och Mikael bort till baracken. Där blev de inkastade på golvet och dörren låstes.

"Fan också", skrek Mikael rakt ut i mörkret och hörde sedan Pernilla börja gråta.

"Jag vill hem. Jag saknar mamma", snyftade Pernilla, sittandes med armarna om benen tryckta mot kroppen.

"Jag med", sa Mikael uppgivet, som nu blivit ordentligt trött på all den skit de råkat ut för. "Jag är trött på den här världen nu. Nu vill jag bara hem. Tillbaka till Peter och Fille. Och mamma."

Faktum var att han till och med saknade bröderna proppmätt, att få se dem nu skulle gjort honom själaglad. Och svenskafröken i skolan. Även om hon ständigt klagade på Mikaels stavning och att de oftast kom dåligt överens skulle han springa fram och hoppa upp i hennes famn om han skulle få syn på henne just nu.

"Vad händer nu tror du?" frågade Pernilla som nu börjat skönja konturerna av Mikael i mörkret.

"Jag vet inte. Om vi bara kunde prata med människorna här hade det kanske gått att få dem att förstå. De kanske tror att vi är tjuvar."

"Antagligen."

Tiden gick långsamt och det kändes som att de suttit inne i baracken i en evighet när mannen äntligen kom tillbaka och öppnade dörren. Dånet och vibrationerna från borret hade satt sig på hjärnan och de ville bara bort därifrån. Till vad som helst, bara bort. När dörren öppnades på vid gavel fylldes baracken av frisk luft, men friskheten ersattes genast av mannens svettiga kroppsodör.

Undrar om jag också luktar så illa, tänkte Mikael när han kände stanken från mannen.

Jag behöver en dusch, tänkte Pernilla.

Mannen band ihop barnens händer med ett rep och föste ut dem från baracken. När ögonen vant sig vid det starka ljuset fick de se en underlig farkost av något slag stå parkerad utanför på grusplanen. Mikael tyckte att den påminde om något han sett i en skolbok, men ändå inte riktigt likadan.

Fordonet hade fyra hjul, så långt var allt sig likt. Men det som suttit framtill enligt bilden från skolboken satt nu baktill: en jättelik liggandes tunna med rör dragna in och ut. Och jämte den en annan tunna som det rök ur. Framtill satt styranordningen och ett flak och det var upp på flaket som mannen hivade upp Mikael och Pernilla med buller och bång. Mikael kände hur golvet på flaket skrapade upp hans ansikte på ena sidan och Pernilla skrek till av smärta när hon studsade in i den bakre gaveln.

Mannen satte sig ner och drog i ett par spakar och farkosten började röra på sig. Två storvuxna personer till hoppade upp och satte sig bredvid mannen, och när fordonet fick upp fart var de tvungna att hålla hårt i sidostyckena för att inte trilla av. Fordonet saknade stötdämpare och den knyckte och drog från sida till sida. Hjulen, som var tillverkade av metall och trä, hade svårt att få fäste i det mjuka gruset.

Mikael och Pernilla försökte sitta så bekvämt som möjligt, men varje gång de lyckades hitta en behaglig sittställning hoppade fordonet till och de var tvungna att börja om från början igen. I tumultet hade ett minne väckts till liv där inne i Mikaels hjärna. Ett minne från sommarlovet, då när Mikael, Peter och Filip träffade på en ångvält stående helt ensam, som bara väntade på att få bli testkörd. Och hur de lyckades med att omvandla den till ett självkörande mordvapen.

*

De hade gått längs Storgatan inne i Timmerlunda på väg bort från centrum. Tagit höger ner mot den nya parkeringen som höll på att iordningställas utanför den lokala ICA-affären. Och längst bort, bredvid högar av sand och makadam hade den stått. Ångvälten.

Det var en sen kväll och skymningen var i antågande. Syrsorna spelade på sina fioler och den varma dagen var på väg att omvandlas till en mer sval och fuktig kväll. Peter hade fått syn på den först.

"Kolla! En ångvält", sa han och pekade mot den.

"Wow", sa Mikael med en överdrivet öppen mun och uppspärrade ögon.

Filip såg sig omkring och kunde konstatera att de var alldeles ensamma på platsen. Inte en människa i närheten. "Kom, vi kollar in den", sa han och satte av mot hörnet på den tänkta parkeringen där ångvälten stod.

Tvillingarna följde efter.

När de kom fram hoppade grabbarna upp på ångvälten och började rycka i reglagen och trampa på pedalerna. Det var en gammalmodig, öppen modell utan tak. Inte speciell stor.

"Hur tror ni man startar den?" frågade Mikael som var sugen på lite action.

"Lägg av nu", sa Filip. "Inte skall vi väl köra omkring med den", och släppte loss ett gapflabb.

Mikael började leta efter en nyckel av något slag. Han tittade först under den, kontrollerade varenda skrymslen och vrår och fortsatte sen uppåt. När han körde in handen mellan sittdynan och fjädringen därunder kände han något. Och visst var det en nyckel.

"Nyckeln!" ropade han högt och höll upp den framför de andra.

"Tyst", sa Peter och spände ögonen i Mikael. "Vill du att varenda människa i byn skall höra dig eller?"

"Får jag se", sa Filip och räckte fram handen.

Mikael gav Filip nyckeln som snabbt skannade av instrumentpanelen i jakt efter tändningslåset.

"Där", ropade Mikael högt när han fick syn på ett hål där nyckeln tycktes passa.

"*Tyst*", sa Peter och Filip, viskande i kör.

"Oj. Förlåt", sa Mikael. "Jag glömde visst bort mig."

"Ja. Tänk dig för lite", sa Peter tillbaka.

Mikael skämdes litegrann och tog ett steg tillbaka. Han blev ofta lite för het på gröten och hade svårt att hejda sig. Så även den här gången. Men det var det som kännetecknade Mikael. Impulsiv och inte alltid så värst eftertänksam. Men det var också den egenskapen som gjorde honom till den han var. Påhittig och rolig, för det mesta.

Filip körde in nyckeln i tändningslåset och vred runt den. Med ett skutt hoppade ångvälten i gång och började skoningslöst röra sig framåt, i riktning mot den intilliggande gräsmattan som i sin tur gränsade till ån som rann igenom samhället.

Tidigare, när pojkarna dragit och slitit i reglagen hade de råkat få in växelspaken i läget 'framåt'. Nu när Peter och Filip satt uppepå och med Mikael efter i släptåg, försökte de frenetiskt att få den att stanna.

Peter drog i alla reglage han kunde komma åt samtidigt som Filip försökte vrida tillbaka tändningsnyckel till stoppläge. Nyckeln verkade ha fastnat i något konstigt läge, och när Filip till slut lyckades vrida runt nyckeln så gick den av på mitten, och ångvälten fortsatte sin framfart över gräsmattan. Och då var det bara ett tiotal meter kvar fram till ån.

Med bara någon meter kvar hoppade Peter och Filip av. Ångvälten fortsatte framåt och de tre pojkarna stod stilla en bit bakom och såg hur den sakta körde över kanten för att sen dyka ner i vattnet med buller och bång. Ån var djup just vid den här platsen och när pojkarna kom fram till vattnet var ångvälten putsväck. Det bubblade i vattnet en kort stund, men sedan blev allt bara tyst och lugnt.

Filip såg sig omkring för andra gången den kvällen och kunde även denna gång konstatera att de var alldeles ensamma på platsen.

För Mikael inträffade det här för bara några veckor sedan och minnet av händelsen var fortfarande färskt. Men i Timmerlunda hade det nu snart gått femton år. Hans klasskamrater från sjätte klass var vuxna och flertalet av dem hade till och med blivit föräldrar. Den nya skolbyggnaden som huserade högstadieelever, den byggnaden som tvillingarna och Filip skulle flyttas upp till efter sommarlovet, visade sig vara ett ordentligt fuskbygge och hade drabbats av en rejäl attack av mögel. Den revs redan 1984 och någon ersättningsbyggnad uppfördes aldrig. I stället fick eleverna bussas till den större orten Rågmanstorp.

Och ångvälten? Ja, vad som hände med den är det ingen som riktigt vet.

Ja, mycket hade hänt sedan Mikael tog steget in i tvillingvärlden. Skulle han någonsin ta sig tillbaka igen skulle det bli med stor förvåning av vad som hänt med lilla

Timmerlunda sedan han försvann den där lördagsnatten 1977.

Mikael rycktes ur sin dagdröm när fordonet plötsligt skakade till kraftigt. De hade stannat. Han reste sig för att få en bättre överblick över omgivningarna. Pernilla sov djupt, hopkrupen i ett av flakets hörn, omedveten om vad som pågick. Mikael hoppades att hon drömde om något vackert hemifrån.

Mikael såg en hög mur ringla sig bort och vid ena ändan fanns det en port som vaktades av beväpnade män. Vad han kunde bedöma utifrån gissade han på att det kanske fanns ett samhälle på andra sidan, men när han såg rök välla upp från höga skorstenar misstänkte han att det också kunde vara ännu ett fabriksområde.

Förmannen drog till i en spak och farkosten satte fart framåt, i riktning mot porten. Efter att de hade blivit insläppta och fortsatt sin färd längs med en huvudgata som kantades av låga byggnader, förstod han att det var ett samhälle där det bodde människor. Husen var enkelt byggda med plåtförsedda väggar och tak och allt var täckt med ett tunt fint lager av vägdamm. Lite grann som husen där hemma i Timmerlunda på somrarna när det var som torrast.

Det yrde ordentligt när de färdades fram längs gatan. Folk gick omkring vid sidan om vägen och här och där kunde man skönja små enkla butiker och matserveringar. Matställena var som ett litet hål i väggen där maten serverades genom en lucka. Det osade från maten och Mikael kände hur det började vattnas i munnen. De hade inte ätit ett ordentligt mål mat sedan deras låtsasföräldrar blev bortförda så dramatiskt. Mikael funderade på om de fortfarande levde.

Människorna som kantade gatan bar tjocka otympliga blyförsedda kläder, men de verkade ändå trivas. Åtminstone såg de glada ut.

De kanske har det bra här, tänkte Mikael och kände begynnelsen till ett leende börja växa till sig. Ett leende som inte skulle bli värst långvarigt.

Färden fortsatte igenom byn och efter ett par svängar stannade fordonet till framför ett hus som var något högre än de övriga byggnaderna. Pernilla hade nu vaknat och undrade var i hela friden de hamnat. Mikael hade inget bra svar på den frågan så hon fick nöja sig med en välkvalificerad gissning.

Mannen gormade åt dem och de förstod att han ville att de skulle hoppa ner från flaket. Mikael och Pernilla hivade sig över kanten och försökte hålla emot så gott det gick med de hopbundna händerna för att inte skada sig i fallet. Men ändå dök de ner i gruset och hamnade i en hög av armar och ben.

Mannen föste in dem i byggnaden genom två höga dubbeldörrar. När de kom in möttes de av en bur där de blev inslussade en efter en till lokalen innanför. Där blev de placerade framför en upphöjd disk och bakom den stod det en person som Mikael refererade till en polis av något slag.

Förmannen förklarade för polismannen vad som föranlett hans gripande av barnen och lämnade därefter byggnaden och *tjuvarna* åt deras öde. Två kraftiga karlar som definitivt inte agerade som riktiga poliser högg tag i dem och drog vårdslöst i väg dem mot en dubbeldörr i ena ändan av lokalen. Männen sparkade upp dörrarna och knuffade dem framför sig så att de var nära på att trilla omkull.

Mikael hann tänka att nu blir de nog inburade på livstid. Han misstänkte att de nu skulle hamna bakom lås och bom och aldrig mer få chansen att ta sig hem igen. Skulle Peter lyckas med konstycket att ta sig *över* till den här världen skulle han inte få en chans att hitta dem nu. Inte om de hamnade i någon fängelsehåla där de skulle bli bortglömda i all evighet.

Det var Mikaels tankar när de blev bortfösta genom byggnaden längs en lång mörk korridor som sakta sluttade nerför.

Kapitel 8

De vaknade upp inne i huset av solljuset som letat sig in genom ett av köksfönstren. Där de låg i hörnet av rummet träffade strålarna Peter mitt i ögonen.

"Men Fille, hur länge har vi sovit egentligen?" utbrast Peter och puttade till Filip.

Filip vände på sig sakta och sträckte ut armarna. "Inte så länge, gissar jag. Känns som att jag precis somnat", svarade han segt, drog till sig armarna igen och gnuggade sina igenmurade ögon. "Jag hade en dröm", fortsatte han med trött röst. "Direkt efter jag somnat drömde jag att jag öppnade en Käck. Just precis när jag fått upp papperet väckte du mig. Kunde du inte väntat en stund till så att jag hade hunnit äta upp den?"

"Knäppis", svarade Peter och ställde sig upp. "Vi måste i väg", la han till med och gick fram till fönstret.

Han tittade ut och såg att solen flyttat på sig rejält. Han misstänkte att de sovit länge och nu kände han närapå panik inom sig. Han ville fortsätta letandet efter sin tvillingbror han inte sett röken av på tio år.

"Kom nu Fille", sa han och stoppade ner grönsakerna de hittat i en trälåda.

Filip kravlade sig upp och de tog sina ryggsäckar och gick ut från huset.

Den stora balen med gräs de gett hästen tidigare var nu närapå uppäten. Och karet, som varit fyllt med vatten redan när de kommit fram till huset, var också närapå tom.

Peter tog tag i remmen och vände om häst och kärra, sedan hoppade de upp och körde tillbaka mot den större grusvägen.

"Ingen idé att köra tillbaka åt hållet vi kom ifrån, så ta av åt höger", föreslog Filip som nu äntligen vaknat till liv.

Peter höll med och drog till i remmen så att hästen svängde höger. Hästen lunkade i väg längs vägen och solen lyste dem rakt i ögonen. Himlen var helt fri från moln och de förstod att de hade en varm färd framför sig. Hur långt de var tvungna att färdas visste de inte. Inte heller om de var på väg åt rätt håll, men de antog att de valt rätt riktning, i alla fall hoppades de på det.

De lutade sig tillbaka och satt tysta utan att säga ett ord, men inne i deras huvuden pågick det full aktivitet.

Filip hade aktat sig för att fråga Peter om hur han haft det sedan det sket sig emellan dem, efter det att Peter gjort bort sig och stött ifrån honom som kompis. Till och med gett honom en käftsmäll! Han visste att han haft problem med alkohol, men inte hur allvarligt. Ett par gånger hade Peter hört av sig till Filip, och varje gång hade han gjort det i fyllan. Filip, med sin far färskt i minnet, ville inte ha med Peter att göra om han inte la av med alkoholen. Han ville inte råka ut för det sveket en gång till, att mista någon han älskar. Nu kände han att det var dags att ta tjuren i hornen och räta ut frågetecknen.

Inne i Peters skalle pågick en annan kamp, en mellan hopp och förtvivlan. Hoppet om att finna Mikael, och förtvivlan att inte hitta honom. Någonstans i minnet kom en text upp. Starka ord som etsat sig fast inom honom ifrån en historielektion som han knappt mindes, men texten som läraren läst upp satt där. Ett citat från Dante när han kliver ner i helvetet och läser texten över porten: 'Lämna allt hopp, när ni kliver över denna tröskel'.

Om det här är helvetet, är det lika bra att släppa hoppet då? tänkte Peter.

Han vägrade. Han tänkte aldrig ge upp hoppet om sin bror. Hade han lyckats ta sig hit skulle han också finna honom. Han var honom på spåren, det visste han. Och han hade också läst texterna Mikael lämnat efter sig. Han var nära nu och han skulle inte ge upp. Det fanns inte på kartan.

Filip tog mod till sig och frågade: "Känner du inget sug efter alkohol?"

Peter blev ställd. *Vad menar han?*

Men direkt efter försonades han med verkligheten. *Klart han undrar.*

Nog för att han varit en riktig skitstövel i alla dessa år och om Filip frågar så har han belägg för det. Och det visste Peter. Han funderade en stund vad han skulle svara. Egentligen kände han inget sug efter vare sig öl eller sprit, men han visste också att det berodde på att hans tankar var fyllda av Mikael nu. Men nu när Filip nämnt det, nog skulle det sitta fint med en öl alltid.

"Nej, inte just nu i alla fall," ljög han. "Men tack för att du bryr dig."

"Klart jag bryr mig. Du vet ju hur det gick för farsan."

"Jo, men", började han med att starta bortförklaringen med, men kom på sig själv mitt i ljuget. Filip är en sann kompis. Han tvekade inte en sekund att hjälpa till med att hitta Mikael. Ljug inte! Erkänn!

Rösterna inom honom manade på att svara ärligt, och han föll för dem. På direkten!

"Du har rätt Filip. Jag vet att jag har problem. Men om vi hittar Micke kommer allt bli annorlunda. Det är jag säker på. Helt säker!"

"Från och med nu kommer jag att stötta dig. Oavsett om vi hittar Micke eller inte. Men självklart, vi *kommer* hitta honom. Inget snack! Jag känner på mig att vi är nära nu!"

"Jag hoppas på att du har rätt. Jag vet inte om jag står ut så länge till, nu när vi är så nära. Vi måste hitta honom."

"Du kan vara lugn, vi hittar honom", sa Filip och drog till sig Peter.

Samtidigt började de känna vibrationerna leta sig upp genom trähjulen, upp till sittbrädan i kärran. Och Peter fick en flashback från sommaren med stort S. Då när de stal bröderna proppmätt storebrors as-trimmade Puch Dakota.

*

Mikael och Peter hade varit på väg mot Sjön och gått förbi grustaget när de såg bröderna proppmätt köra omkring på deras storebrors moped. Avundsjuka såg de på medan proppmättsbröderna körde omkring i gruset. Uppför en av grushögarna och nerför på den andra sidan. Sladdade och styrde i den mjuka sanden. Lite som motocross.

Mopeden var rejält trimmad. Kannan var jackad och pluggen var dragen. Toppen var slipad mot deras garagegolv och ett Snucko avgassystem var ditsatt i stället för det tråkiga tysta avgassystemet som satt monterat original. Och som grädden på moset fanns där ett Cuppinistyre monterat för att definitivt få alla andra moppar att se sjukt tråkiga ut.

Bröderna hade tagit mopeden när deras bror var bortrest med kompisar till kusten för att bada, och nu när tvillingarna stod och tittade på höll de på att köra skiten ur den.

Mopeden kom i full hastighet över ett av hindren. Den ena brodern skjutsade den andra, och när moppen gick upp på bakhjulet och de båda flög av, tjöt tvillingarna av lycka. Moppen gjorde en gir, la sig mjukt ner i sanden och dog. Det blev alldeles knäpptyst.

Efter ett tag gick de fram för att se efter om de fortfarande levde. Båda två låg orörliga och helt utslagna, men vid liv. De andades långa, djupa andetag och tvillingarna konstaterade att bröderna hade svimmat av den tuffa kraschen. Snabbt såg de sin chans.

De ställde upp mopeden och började springa i väg med den mellan sig. När de kom fram till en nerförsbacke hoppade Peter upp och trampade till på växelspaken. När ettan gick i startade moppen upp och han drog snabbt in kopplingen och ställde sig på bromsen. Mikael hann i kapp och hoppade upp därbak. De försvann i riktning mot sjön där Filip väntade.

De hade en kanondag, turades om att köra mopeden tills bensinen tog slut och rullade till sist tillbaka mopeden till grustaget. Bröderna proppmätt hade vaknat till liv igen och var försvunna från platsen.

De ställde mopeden lutandes mot ett träd och gav sig snabbt i väg därifrån. Deras hyss uppdagades aldrig och proppmättsbröderna fick ta på sig hela skulden.

Gruset knastrade mot trähjulen och vibrationerna ökade i intensitet. Peter tittade upp mot träden och kunde svära på att de gungade unisont med de långvågiga vibrationerna från marken. Nere vid rotsystemet såg han hur jorden lyftes upp, rörde på sig och blottade rötterna därunder. Peter var lite orolig över att något träd skulle falla, men de fortsatte ändå framåt längs med vägen.

Vibrationerna blev starkare och kraftigare ju längre de färdades och efter ett tag såg de ett träd ligga rakt över vägen en bit framför.

"Jaha, här tar vägen slut verkar det som", sa Filip och ställde sig upp för att se bättre. "Inte en chans att vi kan få bort det bamseträdet från vägen."

Trädet var enormt. Säkerligen en bit över femtio meter långt och kanske en och en halv meter i diameter. Det skulle krävas en rejäl traktor för att vrida bort den från vägen. Eller att den sågades upp i småbitar för att sedan rullas bort.

"Vi har inget val, vi får vända", sa Peter som just klivit ner från kärran för att leda runt hästen när han hörde ett brak bakom sig. Han vände sig om och fick se ett minst lika stort träd komma nerfarandes emot dem.

Peter ropade till Filip att akta sig samtidigt som han släppte tyglarna från hästen och började springa bort ifrån det. Filip var inte lika snabb utan hann bara hoppa av kärran innan trädet slog ner rakt över honom. Det yrde från både trädet och grusvägen och hästen och kärran inneslöts i ett moln av damm.

När ljudet från fallet tystnade och vibrationerna från marken åter blev hörbara, ropade Peter, som lyckats sätta sig i säkerhet en bit vid sidan om: "Filip!" men fick inget svar.

Vägdammet yrde fortfarande i luften när Peter kom fram till det som fanns kvar av kärran. Hästen stod orörlig och tyst vid sidan om och det var ett under att den inte hamnat i panik. Kanske den är döv, tänkte han när han fortsatte ropa Filips namn.

När dammolnet skingrats och han fick se resterna av kärran förberedde han sig för det värsta tänkbara: att Filip krossats av trädets tyngd och att han nu hade lämnat jordelivet bakom sig, även om han befann sig i en annan värld.

Fan, vi skulle vänt så fort vi såg träden gunga, tänkte Peter när han började lyfta på bråten som en gång varit en kärra. Han slet och drog i plankorna för att få bort dem och han kände hur händerna blev attackerade av flisor ifrån de slitna brädorna. Men han blundade för dem, han hade bara ett mål i sikte och det var att få fram Filip. Än hade han inte gett upp hoppet.

När han fick undan en utav plankorna kunde han skönja Filips kropp därunder. Han körde in sin hand för att försöka känna på honom, se efter om det var något liv i honom, försöka se efter om han överhuvudtaget hade någon puls.

Han lyckades sträcka in handen så pass långt att han fick ett tag om Filips ena handled och väntade förväntansfull efter ett livstecken.

Han kände något.

Än fanns det hopp och Peter började plocka undan plankorna mer systematiskt. Han var noga med att inte förvärra situationen, inte rycka undan någon planka som satt för hårt och som kunde resultera i ett ras. Lite som plockepinn.

Han såg nu att det ena hjulet ställt sig på tvären och låg i spänn mot en av de tjocka balkarna som utgjorde själva ramen på kärran. Och där under, i skydd av hjulet låg Filip till synes oskadd.

Peter pustade ut och tog tag i Filips ben för att dra ut honom. Till en början gick det bra, men när axelpartiet började streta emot i den trånga öppningen mellan hjulet och balken tog det stopp. Antingen behövde han ta i med mer styrka eller så var han tvungen att på något sätt göra öppningen lite större. Han såg direkt att han inte vågade röra hjulet och bestämde sig för att fortsätta dra.

Han tog spjärn med ena benet upp mot trädstammen och slet till och ut kom Filip farandes som en kork ur en champagneflaska.

Han drog in Filip i skogen och försökte få honom att vakna till.

Deras liv tillsammans rann förbi framför Peters ögon. Från första gången de sågs utanför Filips hus, dagen då Peter och Mikael flyttat till Timmerlunda. Det var sommar och de var sju år, bara en vecka kvar tills de skulle börja skolan. Filip, som då var kortare än både Mikael och Peter, sken upp som en sol och var full av förväntan vilka dessa två exakt likadana pojkar kunde vara. Han visste att de flyttat in i huset i början på vägen, men det var allt. Nu ville han lära känna dem.

De fann varandra direkt och sedan dess har de varit bästa kompisar. Ända tills den där dagen då Peter gav Filip på käften. Men om bara Filip vaknade till liv igen skulle han ge tillbaka alla de år de varit isär. Ta i kapp varenda liten minut. Från och med nu skulle de vara oskiljbara. Och när Mikael hittats skulle de bli de tre igen. Bästisar resten av livet. Precis som de lovat varandra när sommarlovet stod för dörren 1977.

Peter började med att känna på Filips ben och armar. Inget verkade vara brutet och han såg heller inga andra skador förutom ett rejält sår på ena armen. Han fick loss en bit garn från sina kläder och band fast det lagom hårt strax ovanför såret. Det blödde inte speciellt mycket, men han ville ändå vara på den säkra sidan. Sedan tog han tag om Filip och ruskade till honom samtidigt som han ropade hans namn.

Ingen reaktion.

Han skakade till honom igen, kraftigare den här gången.

Fortfarande ingen reaktion.

Han skyndade sig tillbaka till vagnen för att försöka hitta vattnet de haft med sig, drog och slet i bråten och fann en flaska till slut. Han fick med sig den tillbaka och i farten skruvade han av korken och gjorde sig beredd på att ge Filip en dusch.

Gode Gud. Gör så att Filip vaknar, tänkte han när han lät vattnet rinna över Filips ansikte.

Han såg hur vattnet sköljde över hans ansikte, hur det rann in i näsa och mun, fyllde hans ögonhålor och vidare ner mot öronen. Först hände ingenting, men efter ett par sekunder hostade Filip till och han drog in ett djupt andetag.

Filip öppnade sina ögon och satte sig upp. "Vad hände?" frågade han tagen av händelsen, och direkt efter gav han ifrån sig ett: "Aj."

Peter sken upp och kastade sig över Filip.

"Aj, sa jag!" skrek Filip och tryckte undan Peter.

"Oj, förlåt. Jag blev bara så glad när du vaknade", sa Peter och drog sig tillbaka. "Var har du ont någonstans."

"Här, på sidan om höften", svarade Filip och tog sig med handen på höger sida.

"Det är ett under att du klarade dig överhuvud taget skall du veta. Du hamnade under kärran med trädet över dig. Du har det ena hjulet att tacka för att du lever. Kan du ställa dig upp tror du?"

Filip gjorde ett försök, men fick ge upp nästan direkt. Men han lyckades komma upp på knäna och satt och gungade från sida till sida för att känna efter hur allvarligt det var. Sedan sa han: "Kan vara en spricka, tror inte det är brutet i alla fall."

"Vi får ta det lugnt ett tag. Men först måste vi ut från skogen, det är prio-ett just nu, innan något mer träd faller ner. Vi får försöka få upp dig på hästen, det är enda lösningen som jag ser det."

"What ever", sa Filip och la sig ner igen. Det hade börjat snurra inne i huvudet på honom och han kände att han var nära på att svimma.

"Drick av vattnet så går jag bort till kärran och försöker få ut våra grejer."

Han gick bort till kärran och kom tillbaka efter en stund med häst och ryggsäckar. Han lyckades också få ut grönsakerna från bråten, de som de fått med sig ifrån huset. En del hade blivit mosade under kärran, men det mesta gick att rädda.

Med stor möda och med många 'Aj' från Filip lyckades Peter få upp honom på hästryggen till slut. Han var tacksam för att det var en så pass liten häst. Hade hästen varit normalhög hade han antagligen inte lyckats med att få upp honom.

De snirklade i väg längs vägen och fick gå i små lovar runt flera nerfallna träd. Till slut var de ute ur skogen och slog läger en bit ut på ett fält vid ett ensamt träd som gav skugga. Peter hade uppmärksammat att någon eller några hade tagit sig över fältet ganska nyligen. Gräset låg ner som vid en stig och den fortsatte bort över fältet mot krönet en bit bort. Den skulle de följa senare när Filip blivit bättre, vilket skulle visa sig ta ett tag. De skulle få tillbringa största delen av dagen vid trädet innan Filip var så pass bra att han kunde gå igen. Men efter det, när de tagit sig förbi krönet och fått se spektaklet som Mikael och Pernilla redan sett, skulle de få lön för mödan.

Kapitel 9

Mikael och Pernilla närmade sig slutet på korridoren och kunde nu se den upplysta dubbeldörren. Facklornas lågor på väggen skickade i väg ett svagt svajande ljus som gav scenen ett skräckinjagande utseende. Väggarna saknade färg och spindelnät täckte närapå varenda kvadratcentimeter på ytan, lite som att befinna sig i en ladugård som inte blivit städad på hundra år. Golvet kändes fuktigare nu än i början på korridoren och de förstod att de befann sig långt under marknivån.

Mannen tryckte in dem mot väggen och knackade sedan tre gånger på dörren. Därefter förde han in ett papper under ena dörren och efter ett par sekunder hörde de hur det rasslade och lät från andra sidan.

Dörren sköts sakta upp.

Mannen tog tag i nacken på dem och förde in dem genom dörren.

På andra sidan rådde det full aktivitet. De hade kommit in i ett stort bergrum upplyst av hundratals facklor, och på andra sidan rummet gick det upp en väg där en hästkärra var på väg nedför. Den hade ett stort släp efter sig som påminde om djurtransport och drogs av sex hästar. Golvytan kantades av män med piskor och gevär och emellan dem kunde de se monstren stå hukade på en lång rad, till synes vettskrämda och nervösa.

Vid högra sidan av rummet, som var upphöjd en bit dit en trappa ledde, såg de något som både Mikael och Pernilla själva tidigare varit med om: skenet och det sprakande ljudet från den bergväggen där de båda hade förts över till denna märkliga värld. Fast det här var en annan port. En port till en helt annan värld.

En värld full av monster!

Hur hade de lyckats med att hitta den porten djupt ner i marken? Om de lyckats med *det*, skulle det även finnas en möjlighet att de skulle kunna hitta porten till deras värld? Till Timmerlunda?

Mikael kände Pernillas händer mot sina och hur de klämde åt. Han förstod att hon var rädd. Det var han också.

Från skenet i väggen kom välst efter välst. Neddrogade och oskadliggjorda hade de samlats ihop av utsända trupper. I åratal hade de förts från deras värld in till denna, för att jobba som slavar på de gigantiska blyfälten som växt upp i spåren av de höga solaktiviteterna för att förse människorna här med det enda skydd som hjälpte mot de elektonstormar som deras planet ständigt bombaderades med.

Mikael besvarade Pernilla genom att krama hårt tillbaka. Sedan kände han hur nacktaget var tillbaka igen. De fördes framåt mot en barack och blev infösta genom en öppning därbak. Baracken, som var byggd i trä, stank ruttet av fukten från berggrunden. En oljelampa hängde på trekvart i taket och gav ett sobert sken ifrån sig, knappt hjälpligt. Mikael och Pernilla fick koncentrera sig för att överhuvudtaget se vad som försiggicks där inne.

Mannen som höll dem i nacken gav papperet han fått till en annan och bytte några ord med honom. Efter att han skummat igenom papperet funderade han en stund och sa sedan något som varken Mikael eller Pernilla förstod. Nackhållarmannen gav ifrån sig ett skratt och såg hånleende mot dem. Mikael såg inte detta som ett gott tecken utan befarade det värsta, vad det nu skulle kunna innebära.

Bara de inte skickar in oss till monstervärlden så är jag nöjd med vilket straff som helst, tänkte han när de båda föstes ut från baracken.

Mannen tog med dem bort till hästkärran som nu vänt om. När de närmade sig stannade han till och väntade in proceduren som pågick. Där bak drevs välstarna in som boskap. En efter en trycktes de in i transportkärran och Mikael räknade till att de var över tjugo. När sista välsten tryckts in fortsatte mannen fram mot öppningen på kärran. Både Mikael och Pernilla förstod vad som var på väg att hända och började genast streta emot. De skrek och slog sig omkring, skräckslagna över vad som väntade dem. Men till ingen nytta.

När de kom in i kärran kände de den fruktansvärda stanken och Pernilla kunde inte hålla emot. En kaskad av spyor kom ur henne som träffade de närmsta välstarna. De ryggade genast tillbaka, som om att de blev rädda för vad som kommit ur henne. Mikael förstod att det var lukten från spyorna som fått dem att backa undan och genast följde de andra efter, tryckte sig längre in i kärran, bort från Pernilla.

Mikael la armarna runt Pernillas kropp och drog med henne ner i ena hörnet i kärran. Där blev de sittandes långt ifrån de andra. Till deras fördel skulle det visa sig att de fick vara ifred hela vägen, allt tack vare Pernillas uppkast.

Mikael tänkte att han måste få Pernilla på andra tankar, hon skakade och huttrade där i hans famn och han förstod att hon inte mådde bra. Han tänkte tillbaka till sommarens händelser och stannade till när han ensam en dag hade klättrat upp i familjens höga bollpil. Han hade klättrat på pilens klättervänliga grenar och hade till sist hamnat högst upp. Där hittade han en position där han kunde ligga helt still med blicken riktad upp mot himlen. Svalorna svischade förbi i jakten på insekter och han hade tänkt: 'Om jag skulle dö och födas på nytt skulle jag vilja leva som en svala. Flyga omkring som ett litet militärflygplan'.

"Pernilla", viskade han försiktigt. När hon muttrade ett svagt 'Ja' frågade han: "Om du skulle dö och födas på nytt, vilket djur skulle du då vilja bli?"

Pernilla tänkte efter en stund och svarade sedan: "Absolut inte en mussla på havets botten i alla fall", och skrattade sedan till lite grann. "Nej. Jag skulle nog vilja födas till en fågel. Kanske en svala."

"Vad!" svarade Mikael överraskat. "Är det sant?"

"Jaa. Vadå?"

"Samma som mig. Jag skulle också vilja födas som en svala", svarade han uppjagat.

Han tog ett hårdare tag om henne, log och tänkte:

Vi hör ihop, du och jag.

Efter att de vant sig vid stanken lyckades de sova en stund. Det fanns små öppningar längst upp på varje långsida där ljus och luft kunde ta sig in vilket bidrog till en något mindre obehaglig färd. Men det var ändå skönt när de äntligen kom fram till målet, när dörrarna öppnades och de blev utsläppta.

"Jaha. Då var vi tillbaka igen då", sa Mikael och skakade på huvudet när han fick se att de var tillbaka vid blyfälten igen. "Så fruktansvärt onödigt. Först en sjukt lång resa till byn och sen tillbaka samma väg igen."

Pernilla tog tag i Mikaels händer och lutade sig mot honom. Hon fick inte fram ett ljud. Hon kände sig omtumlad efter resan och mådde fortfarande dåligt. Hon var rädd för vad som skulle hända dem nu när de var tillbaka på blyfältet. Skulle de få jobba som slavar ihop med monstren? Eller var det något annat obehagligt på gång? Vilket straff de än fick förväntade hon sig ingen trevlig upplevelse.

De blev bortryckta från kärrans bakdel och genast därefter kom välstarna ut. Män med piskor föste dem framför sig bort mot fältet och efter ett par minuter var de borta.

Mikael och Pernilla blev förda in till den stora byggnaden där de fick händerna frigjorda. Först trodde Mikael att det var ett gott tecken, men när en man kom fram med ett slags livrem med en metallring på var sida som spändes fast runt deras höfter förstod han att: 'Nu blir det jobba av'.

De gick genom byggnaden och kom ut på andra sidan. Mannen som eskorterade dem var stor och fet och stank som om att han inte tvättat sig på flera veckor: en odör som påminde om monstrens stank.

Kanske han vant sig så vid deras doft att han helt enkelt tagit efter? Han kanske rent av gillade den!

De fortsatte fram mot fältet och Mikael trodde stenhårt på att de skulle bli fastbundna vid en eker tillsammans med monstren, för att gå där och putta på tills de inte orkade mer, utnyttjade tills de var så svaga att de inte längre kunde bidra med kraft. Men när de kom fram till hjulet lyftes de i stället upp på en brygga av något slag som var fäst på ändan på en av ekrarna. Uppe på ekern såg de ett kraftigt rep löpa från dess yttersta punkt ända in till navet. En sträcka på ungefär femtio meter. Och från vyn däruppe fick de nu se skådespelet på nära håll. Känna av atmosfären från den hemska situation som välstarna befann sig i. Doften från de svettiga monstren, ljudet från piskorna som ven i luften och som hela tiden manade på dem att ta i hårdare. Den täta dimman från dammet som yrde när borret grävde sig djupare och djupare ner i den blyrika berggrunden.

Mannen där uppe viftade till sig två andra personer som befann sig en bit ut på ekern. I sakta mak rörde de sig ut till ändan bärandes på varsin stor vattenkaraff. När de kom fram kopplades de loss från repet och karafferna räcktes över till Mikael och Pernilla.

"Fy fan Pernilla. Nu blir det ett jäkla slitandes", sa Mikael och såg helt uppgiven ut.

"Svär inte", sa Pernilla tjurigt och tillade: "Se det så här, vi slipper i alla fall gå och trycka runt hjulet."

"Jag vet inte om det här är bättre, nu när jag tänker efter. Hade vi i stället hamnat där nere, hade vi kanske kunnat *lotsas* ta i. Nu kommer de ha mer koll på oss, och när jag känner på vikten på karaffen som nu bara är halvfull så vete fan."

"Svär inte!"

Mannen skickade ner de två andra och snirklade därefter in repet i Mikael och Pernillas bälten. Han visade var de skulle fylla karafferna med vatten och pekade på urgröpningarna på ekerns ovansida. Både Mikael och Pernilla förstod vad som gällde och började fylla karafferna i tunnan på bryggan. Sedan gav de sig ut på ekern för att ge de förslavade monstren vätska.

Kapitel 10

Det kändes som att de befunnit sig på gräsfältet i flera dagar. All mat de fått med sig från huset var slut och födan de senaste måltiderna hade enbart bestått av ax. Vatten hade Peter hittat en bit därifrån och det hade blivit många turer fram och tillbaka. Även hästen behövdes förses med vatten.

Han var glad över skuggan från trädet, men de ständigt ihållande vibrationerna från marken hade han gärna varit utan. Värst hade det varit i början. Då trodde han att han skulle bli tokig om det inte slutade snart, men nu, efter att det gått ett tag, var det bara irriterande.

Filip var helt klart på bättringsvägen och kunde nu röra sig nästan obehindrat. Mestadels hade de legat i gräset och pratat om gamla minnen, men med jämna mellanrum hade Peter fått Filip att röra på sig för att få skadan att läka. Han var rädd för att om han blev stilla för länge skulle det göra mer skada än nytta. Lagom mycket vila och rörelse där emellan trodde han var receptet för snabbaste läkning. Och det hade han haft rätt i, visade det sig.

Peter lämnade Filip för en stund och följde stigen bort mot krönet för att se efter var ljudet och vibrationerna kom ifrån. Men när han närmade sig såg han att stigen gjorde en avstickare in mot en liten skogsdunge och följt den i stället. Efter en stunds lunkande fick han se ett litet knyte liggandes intryckt under ett av träden, och när han öppnade upp den trillade bland annat en revolver och några patroner ur.

Mikael, hade han tänkt. Övertygad om att det var han som lagt den där. Han kände det djup inom sig, så som bara en tvilling kan känna. Ett osynligt band som sträckte sig igenom allt och som sammankopplade de två individerna.

Undrar om Mikael känner av mig, hade han tänkt innan han skyndade sig tillbaka till Filip.

När solen gått förbi sitt zenit och börjat sjunka en bit på himlen bestämde de sig för att ge sig i väg. De såg till att hästen hade mat och vatten innan de gav sig i väg. Filip fick bestämma farten och till en början hade det gått sakta. Men allt eftersom han fick mer rörelse i kroppen ökade farten mer och mer. Till slut var det Peter som fick tala om för Filip att ta det lite lugnare.

När de kom fram till krönet och fick se vad som utspelade sig där nedanför blev de helt ställda. Det var första gången de såg någon form av civilisation sedan de kom hit. Ingen rolig syn, men ändå. De stod länge och beskådade skådespelet. Funderade och diskuterade vad som gjordes där nere och enades till sist att det var någon typ av dagbrott. Men vad de borrade efter förstod de inte.

Precis som Mikael och Pernilla gjort tidigare bestämde de sig för att försöka ta sig närmare.

Efter de gått en stund nerför slänten satte de sig ned. Nu hade de kommit så pass nära att de nästan kunde känna av monstrens illaluktande unkna andedräkt, se deras vassa huggtänder sticka ut från deras käftar, se piskorna som ven i luften och som manade på dem att trycka på hårdare. Se personerna som gick omkring uppe på ekrarna för att ge dem vatten. Peter kunde också se två mindre barn hjälpa till med vattningen.

Knappt äldre än vi var den där sommaren, tänkte Peter när han såg de två hälla upp vatten åt ett av monstren.

Av någon anledning kunde han inte slita blicken ifrån dem. Eller rättare sagt: en av dem. Pojken. Hans hållning. Hur han rörde sig. Utseendet. Nästan exakt som Mikael för tio år sedan.

”Filip! Ser du pojken där nere? Uppe på den ekern som är lite åt höger just nu.”

”Den till vänster?”

”Höger, sa jag. Knäppgök!”

”Ja ja. Vadå?”

”Den lille killen som häller vatten just nu. Ser du han? Kolla in hans utseende.”

”Men! Det är ju Micke”, skrek Filip överexalterad och ställde sig upp.

”Jag vet… eller, en exakt kopia i alla fall. För det kan ju inte vara Micke. Han där nere är ju inte äldre än vad Micke var när han försvann”, sa Peter som förstod att det måste vara på det viset.

Men ändå inte.

Någonstans djupt inom honom fanns det ändå något som sa att det var Mikael. Han såg honom så som han såg ut det året när han försvann.

Tänk om det ändå är så, att det är Micke. Att något i den här världen gjort att han stannat i växten. Visst skulle det kunna vara så? Eller? Så mycket märkligt som vi redan varit med om, tänkte han. Bara att kunnat ta sig hit, genom en sprakande, upplyst bergvägg. Från en värld till en annan. En parallellvärld.

"Filip, vi måste ta oss ner. Tänk om det ändå är Micke! Att något i denna värld gör att det går långsammare än hemma. Tänk bara på hur långa dagarna är här!"

Filip funderade. Han tänkte på om det skulle kunna vara så. Hur lång tid har förflutit hemma sedan de kom över hit? Hur lång tid har Mikael befunnit sig här? Kanske bara ett år och inte tio? Eller fem kanske? Han skulle få svar på sin fråga av Mikael senare. Ett svar han absolut inte räknat med.

"Okej. Men hur skall vi ta oss ner utan att bli upptäckta?" sa Filip och slängde på sig ryggsäcken.

"Jag vet inte. Har du någon bra idé."

"Vi kan ju chansa. Om vi blir upptäckta kanske de tror att vi hör till personalen?" sa Filip och såg på Peter.

Peter funderade en stund och sa: "Okej. Det är nog vår enda chans. Men vi får låta ryggsäckarna ligga kvar här. Jag tror inte de har sådana här."

De tog av sig sina ryggsäckar och la dem bakom en sten. Men innan de gick därifrån tog Peter upp revolvern, kollade att den var fulladdad och satte ner den i byxlinningen under blyklänningen.

"Okej. Försök smälta in nu", sa han när de började sin nedstigning från slänten.

Filip höll ut handen framför Peter för att hejda honom: "Du kanske vill att jag skall ta den där i stället? Jag tänker på att jag har nog lite mer erfarenhet av vapen än vad du har."

"Du har rätt", svarade Peter utan att tveka, glad över Filips förslag. "Du siktar nog bättre än mig också, om det skulle gå så långt."

"Ja. Fast inte lika bra som Micke. Du minns väl tivolit", sa han och log mot Peter.

Det gjorde Peter och log tillbaka. Glad över att Filip var med honom. Att han följt med utan att tveka.

Kapitel 11

Mannen vid ändan på ekern gormade och skrek åt Mikael och Pernilla att de skulle skynda på. Ord som inte någon av dem förstod, men budskapet var likväl solklart.

De skyndade sig med att ge monstren vatten, tömde sina karaffer och tog sig därefter tillbaka för att fylla på dem igen. Det var inte lätt att ta sig fram uppe på ekern. Dels var det svårt att hålla balansen eftersom hjulet ville kränga till emellanåt, nästan stanna till för att sedan sätta fart igen, dels för att det var svårt att få repet att löpa fritt genom järnringarna när de skulle ta sig fram och tillbaka.

När de kom ut för att fylla på karafferna för femtioelfte gången fick Mikael en hurring av mannen så att han nästan trillade av bryggan.

"Men vad fan gör du", skrek Mikael och tog sig för örat.

Pernilla böjde sig ner för att se efter hur det var med Mikael.

Mannen knuffade henne åt sidan, tog tag i Mikael för att ge honom en andra smäll, men hindrades plötsligt av att någon höll hårt i hans arm.

"Han låter du bli ditt pucko", skrek Filip och tryckte upp revolvern rakt i ansiktet på honom.

Mikael stelnade först till och förstod inte att han hade förstått vad personen sa. Men sedan klarnade det för honom. En till från vår värld, hade han tänkt innan han lät blicken söka sig efter personen som kommit till deras räddning. När han kisande tittade upp mot personen fick han inte bara syn på en person, utan två. Och kände genast igen en utav dem.

Tvillingar. Visst är det något speciellt med dem. De känner igen varandra på mils avstånd, känner av varandras närhet även när de egentligen inte borde göra det. Och så var det nu. Det skiljde tio år på dem, men ändå visste Mikael att det var Peter som stod där. Hur det var möjligt var helt ovidkommande. Han funderade inte ens på det, bara godtog det. Hans bror hade lyckats ta sig hit och han förstod nu att mannen med revolvern var Filip. Det måste det vara, fast nu var de ungefär lika långa, han och Peter. Peter hade vuxit i kapp och tagit in den huvudlängden som skiljde dem åt tidigare.

Bara ett par dagar sedan, tänkte Mikael när han tog spjärn med handen för att ställa sig upp. Han viskade nästan ohörbart: "Peter?"

Peter tittade mot Mikael och sa: "Vad sa du? Sa du Peter?"

"Ja... för det är väl... du?" stammade han fram med gråten i halsen.

"Ja", svarade Peter, och tårarna kom rullandes nerför kinderna.

Hjulet fortsatte att rulla, pådrivarna fortsatte att slå med sina piskor och ingen märkte av vad som försiggicks uppe på bryggan. Peter såg två kraftiga rep uppbundna på en stolpe. Han var alltför ivrig för att se efter vilket som höll Mikael och Pernilla fångna, så han knöt upp båda två, helt ovetande om att ett av repen gick vidare till de pådrivna välstarna.

Filip tryckte ner mannen och satte sig på honom samtidigt som han band fast hans händer med det ena repet från ekern.

"Jag fattar ingenting", sa Pernilla för sig själv när hon satte av efter de tre grabbarna nerför stegen.

"Hallå! Spring inte! Bara gå sakta bortåt", sa Filip som märkte av att han om någon måste ta kommandot. "Och Peter. Sluta krama Micke och verka lite som en av slavdrivarna. Knuffa honom framför dig!"

Peter förstod vikten av Filips budskap och tvingade sig själv att släppa taget om Mikael. Pernilla tog snabbt över Peters plats och drog Mikael till sig.

"Micke! Vad händer?" viskade hon in i Mikaels öra.

Mikael vände ansiktet mot Pernilla och sa med skrattet i halsen: "Det är Peter och Fille. Fråga mig inte vad som hänt, men det *är* dem. Jag är säker."

"Men, de är ju … vuxna."

"Jag vet. Vi får klura ut det sen. Gå nu bara."

De fortsatte bort mot slänten och emellanåt kastade Filip en blick bakåt. Det verkade som om att ingen hade lagt märke till dem.

Efter ett par minuter kom de fram till slänten och påbörjade klättringen uppför. När de kommit så pass långt upp att de kände sig helt säkra satte de sig ner i gräset.

Peter gick ner på huk framför Mikael, la händerna på hans axlar och sa: "Kan du förklara det här för mig, Micke? Vi kommer hit efter tio år och du är fortfarande bara tolv."

Efter tio år, tänkte Mikael. *Skämtar han eller drömmer jag?*

"Men vi har ju inte ens varit här i två dagar. Jag och Pernilla."

"Jag kom hit strax innan Mikael", la Pernilla till med och frågade: "När kom ni hit?"

”I natt”, svarade Filip. ”Men hur är det ens möjligt? Hur kan ni bara varit här i två dagar? Hemma har det ju gått tio år.”

”Tio år innan *vi* kom hit”, sa Peter och tittade mot Filip. ”Förstår du? Det hade gått tio år när vi gick igenom berget. Vi har varit här i ett halvt dygn. Micke och Pernilla har varit här i snart två dygn. Förstår du vad det innebär?”

Filip blev helt likblek. Han räknade på det och tyckte inte om vad han kom fram till. ”Vad fan. Det måste betyda att det snart gått minst fem år till hemma. Fan, Peter! Vi måste tillbaka. Nu med en gång!”

Både Mikael och Pernilla tog in vad Filip kommit fram till och blev ordentligt skraja. Om de lyckas med att ta sig tillbaka, vad kommer att hända då? Om de ens kommer tillbaka! Mikael och Pernilla hade försökt, men misslyckats, men stenen måste ändå kommit igenom för Peter och Filip är här nu. De fick ju brevet!

”Fick du brevet?” skrek Mikael och ställde sig upp. ”Peter. Du fick brevet. Eller hur?”

”Ja. Det är ju därför vi kom hit.”

”Jag vet hur vi skall ta oss igenom. Med fart. Det är enda sättet.”

Peter och Filip tittade oförstående mot Mikael.

”Vadå med fart. Är det inte bara att ta sig tillbaka så som vi gjorde när vi kom hit?” frågade Peter.

”Det har vi redan provat och det går inte. Men stenen med brevet kom igenom. Den kastade jag genom berget och brevet fick ni ju. Jag vet till och med hur vi skall göra.” Han vände sig mot Pernilla och fortsatte: ”Soffan, Pernilla! Eller hur? Vi hänger den i ett rep från ett av träden ovanför bergsknallen. Det måste ge en sjuhelsikes fart.”

”Svär inte, Mikael!” avbröt Pernilla och gav Mikael en hård blick, samtidigt som hon ville ge honom en kram för hans uppfinnesrikedom.

”Soffa! Vadå för soffa?” frågade Peter.

”Det får ni se sen, nu måste vi ge oss av. Eller hur många år vill ni vara kvar här egentligen?”

Nere vid dagbrottet la den yttersta välsten märke till att repet som höll dem fängslade vid ekern hade lossnat. Han tittade försiktigt bakåt för att se efter om pådrivaren höll koll på honom. När han såg att mannen befann sig en bit bort drog han försiktigt ur repet ur stålringarna som var fästa vid hans handleder. Sedan fångade han näste välsts uppmärksamhet och visade honom änden på repet. Han fortsatte att ge hjulet fart för att ge fler välstar chansen att komma loss.

Sedan, när tillräckligt många var fria, skulle de gå till attack.

De gick uppför sluttningen och förbi gömman för att få med sig ryggsäckarna. Fortsatte över det gräsbeklädda fältet i samma spår de tagit sig fram genom tidigare, men nu i motsatt riktning. Efter några hundra meter, strax innan de var framme vid hästen vid trädet, mindes Peter vad han sparat till Mikael i ryggsäcken.

"Stanna", sa han och tog av sig sin ryggsäck. "Jag har något till dig här, Micke."

Han körde ner handen och drog upp Puckon som han lagt undan till Mikael.

"Du hade en till, din jäkel", utbrast Filip skrockande.

"Stämmer. Men den här är till Micke.

Tänkte att du kanske hade saknat chokladsmaken efter tio år. Men nu har det ju bara gått ett par dagar, så det kanske inte blir så effektfullt som det var tänkt."

Mikael lyste upp och ett gigantiskt flin växte till sig i hans ansikte.

Han sträckte fram handen och sa: "Nog har jag saknat Pucko alltid."

Han öppnade flaskan leende mot sin tvillingbror. Förde upp den mot munnen, men hejdade sig strax innan den efterlängtade första klunken. Han tänkte på Pernilla. Hon kanske har saknat något från hemma mer än han gjorde.

Han höll fram flaskan till henne och sa: "Damerna först."

Pernilla sken upp och tog över flaskan från Mikael. "Tack Mikael. Du är en riktig gentleman."

"Du kan kalla mig för Micke", sa han tillbaka med ett stolt leende.

Efter att de delat på flaskan gick Mikael fram till Peter och gav honom en kram. Först nu kändes allt konstigt. Först nu kunde han ta in att Peter faktiskt var vuxen. Lång och lite tjock över magen. Hela tio år äldre än honom. Jättemärkligt.

De fortsatte fram sista biten till Peter och Filips läger. Hälsade på hästen och satte sig ner i skuggan. Där satt de och vilade medan de planerade hur de skulle ta sig tillbaka. Mikael förklarade sin idé med soffan, den som han och Pernilla snickrat ihop och som de hoppades fanns kvar där på gården. De skulle leta upp ett rejält rep som de sedan kunde hänga upp soffan med i ett träd. Se till att de på något sätt kunde spänna upp den för att därefter sätta sig i den och vänta in skenet i bergväggen.

Mikael var övertygad om att det skulle fungera. De andra var inte lika säkra.

"Tänk om vi inte lyckas med att ta oss igenom. Då kommer vi säkert slå ihjäl oss när vi kraschar in i bergväggen", sa Filip. Han var långt ifrån sugen på att anamma Mikaels idé. Men med brist på egna idéer var han ändå beredd på att göra ett försök.

"Vi måste tajma det exakt", sa Peter. "Göra oss beredda och vänta in när skenet blir som starkast. För vi får nog bara ett försök på oss."

"Ja. Och vi måste nog tänka till ordentligt när vi hänger upp soffan för att vara säkra på att den träffar rakt i mitten", avslutade Mikael diskussionen med.

De var överens om att de skulle ge det ett försök. Någon bättre idé kunde de inte komma på.

De bröt upp från lägret och gav sig i väg. Solen närmade sig horisonten och de räknade med att vara framme vid berget till kvällen.

De följde grusvägarna fram och pratade om gamla minnen från deras senaste sommarlov ihop. Gamla för Peter och Filip, för att de hänt för över tio år sedan, men fortfarande färska för Mikael.

Pernilla var road över att få höra vad de varit med om och inflikade själv lite om vad hon hittat på. Saker som bleknade i jämförelse med de stordåd som grabbarna lyckats åstadkomma på bara några veckor. Dessutom var hennes berättelser bara påhittade. Största delen av hennes sommarlov hade hon tillbringat hemma, helt själv, utan några *kompisar.*

Efter en lång vandring kom de fram till huset där Mikael och Pernilla bott. Mikael tänkte på paret, som inte längre fanns i livet. Han hade först inte varit helt säker på att de hade dödats av välsten, men efter att de berättat för Peter och Filip om vad som hade hänt den natten, och efter att Peter och Filip berättat om de två döda kropparna vid välstens hydda, förstod han att de döda kropparna måste varit mannen och kvinnan.

De gick runt på gården och när Peter och Filip fick se Mikael och Pernillas soffliknande skapelse förstod de hur Mikael hade tänkt. Eftersom soffan var konstruerad på det viset att man satt framför och bakom varandra i stället för bredvid varandra skulle den bli perfekt för ändamålet. Nu gällde det bara att leta rätt på ett kraftigt rep att hänga upp den i.

De rotade runt bland allt bråte och fann till slut ett tillräckligt långt rep. De hittade även en mindre kärra med hjul som de kunde använda för att frakta soffan på. Den behövde bara modifieras något för att få den att passa till hästen.

Innan de gav sig i väg plockade Mikael ihop några saker från huset. Han ville få med några minnen från hans tid här och mannens underliga uträkningsmojäng med alla småpinnar var en av sakerna. Han plockade även med sig de sista grönsakerna som blivit kvar i källaren. Peter hade berättat att de varit här och fått med sig mat, men Mikael upptäckte att de missat en del.

"Se här", sa Mikael när han kom ut från huset. "Ni hade inte fått med er allt. *Lite* godsaker fanns kvar minsann."

"Du om någon vet hur man letar efter mat, ditt matvrak", skrockade Filip och gav Mikael en klapp på axeln.

"Ja, det är inget kul att gå omkring hungrig", svarade han och kom och tänka på maten där hemma. Hur han helt plötsligt blev sugen på riktig mat: falukorv med potatismos, korv med bröd, kaviarmackor. Och makaroner. Han kände hur det började vattnas i munnen och tittade ner på de torra tråkiga grönsakerna han fått med sig upp från matkällaren.

"Fasiken vad jag längtar hem nu. Till riktig mat."

"Jag med", sa Pernilla. Och sedan, viskandes mot Mikael, "Sluta svär, Mikael!"

Därefter fortsatte hon stolt i normal samtalston: "Hem till färska grönsaker, potatis och fisk med vit sås. Mamma lagar den godaste fisken av alla."

"Blä", svarade Mikael och tillade: "Korv är riktig mat. Det längtar jag till i alla fall."

"Det finns en jädrans massa pizzerior nu. Till och med i Timmerlunda. Och Mc Donalds", sa Peter och gav Mikael ett flin. "Det längtar jag till."

"Då gör jag det med", sa Mikael och kände en varm känsla inombords och tänkte: *Det skall bli riktigt skönt att få komma hem.*

När de fått i ordning på kärran och spänt fast den på hästen gav de sig i väg med soffan uppepå. Likt en trofé färdades den fram med Mikael, Pernilla, Peter och Filip vid sidan om, som fyra beskyddande väktare på väg att leverera något viktigt.

Men så var det ju lite också. För dem kanske det var helt livsavgörande att de kunde ta sig tillbaka till deras värld igen. Alla fyra hade väldigt svårt att tro att de skulle lyckas överleva här en längre tid. Nej, nu ville de hem. Hem till normala förhållanden. Hem till Timmerlundavärlden. Till deras föräldrar och vänner. Hem till riktig mat.

De var försiktiga när de passerade välstens domäner. Nog för att den var död, men ändå. De fortsatte grusvägen bort längs med axfälten, bäcken och där Pernilla hade blivit tillfångatagen av monstret den där natten för snart två dygn sedan. Två dygn som kändes som flera veckor.

"Snart är vi framme", sa Mikael som nu var ordentligt trött. Han hade börjat känna igen sig. Axfälten till vänster och den höga skogen till höger.

"Ja, jag tror berget kommer snart. Bara ett par svängar kvar nu, sen är vi framme", sa Filip med säker röst.

Filip var nog den som hade bäst koll av dem alla. Med vanan från armén och med ett skötsamt liv de senaste åren bakom sig var det nog ändå han som var den mest klarsynta av dem.

"Jag litar på dig Filip, för snart orkar jag inte mer. Kommer vi inte fram snart så slocknar jag", sa Peter som också blivit rejält trött efter den långa färden de lagt bakom sig.

Pernilla gick lutandes mot hästen och hade funderat länge på om hon skulle hoppa upp och sätta sig. Men hon hade tyckt synd om hästen som var tvungen att dra lasten och ville inte belasta den mer.

En timme senare var de framme. De stannade upp när de såg bergsknallen en bit framför och Mikael började genast försöka lokalisera om där fanns något bra träd att använda till deras fyramansgunga. Han tyckte sig se en perfekt gren sticka ut uppifrån berget, men kunde inte avgöra om det skulle fungera eller inte. Han behövde komma närmare.

"Kom nu. Nu ger vi järnet sista biten", skrek han och satte fart framåt.

De andra hängde på, ivriga att komma fram så fort som möjligt. De fick till och med hästen att småtrava den sista biten innan de svängde av över axfältet.

När de var framme ställde de sig alla fyra och tittade upp mot träden där ovanför.

"Där", sa Pernilla. "Den grenen måste väl ändå fungera?"

"Pernilla! Du är ett geni", skrek Mikael. "Den är ju perfekt!"

Både Peter och Filip höll med och Filip lyfte upp repet från kärran och gav sig i väg uppför bergets ena sida. När han kom upp frågade han vilken gren det var och fick till svars av en enig kör nerifrån: "Den där!"

Han trasslade upp härvan med repet, skar av den i två lika långa delar och gjorde i ordning fyra ändar som kunde knytas fast i soffan och fäste sedan repets mitt i trädgrenen och traskade sedan ner från berget igen.

När han kom ner hade de andra redan börjat knyta fast ändarna i soffan. Peter, som helt naturligt var starkast av dem, hade lyft upp soffan en bit från marken medan Mikael och Pernilla knöt. Filip hjälpte till med det sista, att få det så pass stabilt och säkert som möjligt. Han hade också sparat en bit rep för att säkra soffan i trädet en bit bort från bergsväggen, den som de senare skulle skära av när det var dags för *återfärden.*

Nu satt de där i soffan. Efter varandra på rad. Hästen stod en bit ifrån med huvudet lite på sned, med ögonen fästade mot de fyra.

De hade lottat i vilken tur de skulle sitta. Filip hade dragit den största nitlotten och hamnat längst fram. Därefter Pernilla, sedan Mikael och Peter.

Mörkret hade lagt sig och de hade suttit stilla länge i soffan utan att något hänt, nära på att somna, tills Pernilla tyckte sig höra något sprakande ljud.

Inget syntes till än. Inte en enda liten ljusglimt, bara ett lågt knappt hörbart *sprakande.* Men så sken himlen upp i en alltmer starkare lila färg och genast tändes bergsväggen upp.

”Nu händer det”, ropade Mikael och blev klarvaken på direkten. Med uppspärrade ögon la han armarna om Pernilla och skrek högt: ”Nu skall vi hem.”

Peter var beredd med kniven. Repet som de sträckt upp soffan med var spänd som en pianosträng. Han la an den vassa eggen och väntade på rätt ögonblick.

”Var beredd nu Peter”, ropade Filip. ”När det är som mest intensivt skär du av repet.”

”Men när vet jag det då?” skrek han tillbaka. ”Jag menar, när vet vi att det är som mest intensivt?”

”När vi alla ropar ’NU’ samtidigt. Var bara beredd så märker du.”

Bergsväggen fortsatte att skimra och spraka, mer och mer kraftfullt ju längre tiden gick. Den mörka himlen ovanför dem lyste än mer starkare i lila och när de lyfte blicken uppåt kunde de urskilja fler nyanser i stora sjok som verkade flytta sig fram och tillbaka i blått, grönt och orange.

Mer kraftfullare än så här blir det inte, tänkte Mikael där han satt med blicken rakt upp och med armarna runt Pernilla. Och när han vände ner blicken mot bergsväggen igen och kände värmestrålningen mot ansiktet och fick det intensiva kraftiga ljuset i ögonen, fyllde han lungorna med luft till bristningsgränsen och ropade rakt ut: ”Nuuuuuuu.”

De andra stämde in och Peter drog till hårt med den vassa kniven mot repet.

Som skjuten ur en kanon kom soffan flygandes ner mot väggen av berg. Alla fyra duckade med huvudena som om att de åkte värsta bergodalbanan på ett tivoli, skrikande rakt ut i luften och livrädda för vad som väntade dem.

Skulle det bli ett tvärstopp när de stötte in i berget eller skulle de fortsätta rakt igenom? Vad skulle hända om de bara kom en liten bit in i berget?

Som Pernillas sjal?

Många kusliga tankar hann tänkas, men när de stötte in i bergsväggen var det som att cykla rakt in i ett mjukt buskage. Mikael tittade upp och fick se Filip och den främre delen av soffan sjunka in i berget. Han såg Pernillas ben följa efter och sedan blev allt bara svart.

Kapitel 12

Att en port in till en tvillingvärld skulle befinna sig just på vår planet, var naturligtvis ett gigantiskt sammanträffande. Och att det dessutom var placerat just i Timmerlundaskogen, i det lilla landet Sverige, var såklart ett ännu större sammanträffande. Men det var precis så det var. Den tunna gränsen mellan en värld och en annan, två universum så lika varandra, men ändå så olika.

Det finns de som påstår att sammanträffande inte sker, att det som sker är *menat* på något vis. Men visst sker det sammanträffande? För annars skulle det väl inte finnas ett ord för det!

Ögonblicket efter att allt svartnade sjönk temperaturen till nära noll. Och det var fortfarande mörkt, nästan kolsvart när Mikael hörde någon framför sig säga: "Aaaj."

De låg på sidan och Mikael kunde känna frosten i gräset mot ansiktet. Filip, som suttit längst fram på soffan hade fått ta den hårdaste smällen. Som om att han inte fått tillräckligt mycket stryk på äventyret de varit i väg på: *'Här får du en käftsmäll till!'*

”Hur är det med dig?” frågade Mikael följt av, ”Och ni andra?”

”Jag tror det är lugnt, men addera ihop hur mycket ni väger tillsammans, den tyngden fick jag i ryggen”, svarade Filip flämtandes.

”Är vi hemma tror ni?” hördes det från bakersta platsen i soffan.

De kravlade sig ur från soffan och såg sig omkring.

Mikael och Pernilla, som varit borta längst av de fyra kände inte igen sig. *Om* det var samma plats som den de lämnade för tio, femton år sedan, hade i så fall träden nu hunnit växa sig höga.

Peter och Filip, som inte varit borta lika länge såg att det stämde.

”Vi är hemma”, sa Filip exalterad och vände sig om mot de andra. Han tog tag i deras händer och drog dem samman till en jättekram.

”Jaa”, ropade Mikael högt och sträckte upp händerna i luften.

Pernilla la armarna runt Mikael och föll i gråt av lycka.

Nu var de där. Platsen där de alla fyra tagit sig igenom till den andra världen. Två av dem av ren otur, och för Peter och Filip mer planerat och frivilligt. Vad ingen av dem visste om, var vilket år det var. Inte heller vilken tid på året.

Ingen av dem trodde att det kunde vara mitt i sommaren på grund av kylan, men annars kunde det egentligen vara vilket datum som helst. Frost i gräset hade de alla varit med om lite då och då under årets olika årstider.

”Någon som vågar gissa vilket år det är?” frågade Peter tyst och försiktigt samtidigt som han tittade efter vad hans klocka visade. Enligt hans armbandsur hade han och Filip varit borta i endast tre jorddygn och fem timmar, vilket han fruktade inte stämde.

Vilket år de skulle komma tillbaka till var något de alla hade förträngt fram tills nu. Peter fick ingen gissning till svar, men Filip sa att de får nog ta sig in till Timmerlunda för att få ett svar på hans fråga. Här ute i ingenstans är det stört omöjligt att få svar på den frågan.

Det var drygt en mil in till samhället och vandringen tog dem nästan två timmar. De var mestadels tysta under tiden de gick; oroliga, men ändå förväntansfulla av beskedet de alla väntade på.

När gruset under deras skor byttes ut mot asfalt kunde de se att det lyste i fönstren från de första husen de stötte på när de äntrade Timmerlunda.

”Eftersom det fortfarande är natt får vi nog leta upp en affär eller kiosk och se efter om det kan finnas något där som visar vilket datum det är”, föreslog Filip.

"Bra idé", sa Mikael trött, nästan halvsovande där han gick lutandes mot sin närapå en halv meter längre tvillingbror. Pernilla hade lagt beslag på andra sidan och höll sig fast med armen i ett stadigt grepp om Peters midja.

De fortsatte genom sin hemstad där de alla vuxit upp och mycket var sig likt. Husen stod kvar där de alltid stått. Kulören på fasaderna var utbytta på en del av dem, men annars såg det ut som vanligt. När de gick förbi parken i stadens mitt stannade de till och tittade upp mot kullen där de en gång suttit och bestämt sig för att de skulle *gå ända till horisonten*. Då var det 1977, och först nu var de alla tillbaka igen, vilket år det nu kunde vara?

Från parken kunde de se Evaldssons Tobak, som nu bytt namn till Centrumkiosken. Och i ljuset från den svaga gatubelysningen såg de löpsedlarna på avstånd. Nu ökade pulsen rejält och med små stapplande steg styrde de mot det ödesdigra svaret.

På väg mot kiosken gjorde Mikael ett försök med att räkna ut vilket år det kunde vara. Han la ihop tiden han varit där med Peter och Filips tid, men allt bara snurrade runt i huvudet på honom och han fick till slut ge upp.

Sedan var de framme vid kiosken.

Hand i hand böjde de sig sakta ner för att se efter vilket datum det stod på löpsedlarna och efter ett par sekunder rätade de på sig igen.

Med uppspärrade ögon sa Mikael: "Ojdå", och efter en kort paus: "Nu kommer jag få skäll av mamma."

"Nittonhundra nittiotvå", läste de andra i kör nästan unisont.

"Tionde Maj, Nittonhundra nittiotvå", sa Mikael.

"Nästan fem år, Peter", sa Filip.

Mikael började plussa ihop, men Pernilla var snabbare och utbrast: "Femton år, Mikael. Vi har varit borta i femton år! Förstår du?"

"Ja, och nej", svarade Mikael. "Jag fattar, men ändå inte."

"Undrar vad som hänt med mitt jobb", sa Peter tyst och försiktigt och såg på Filip. "Och ditt? Och min lägenhet?" Sedan vänd mot Mikael: "Och mamma och Pappa! Undrar hur de kommer att reagera när de får se att vi lever? De tror ju definitivt att *du* är död Micke, men undrar vad de tror om mig? Antagligen samma antar jag."

"De tror nog att vi alla döda", la Pernilla till med och vaknade plötsligt upp från chocken.

Hon förstod nu att de faktiskt befann sig i Timmerlunda igen, och att det bara var ett par hundra meter till hennes hem. Om hennes föräldrar fortfarande bodde kvar där, vill säga.

"Jag vill hem till min mamma och pappa", fortsatte hon och såg på de andra. "Följer ni med?"

"Antar att vi får börja där", sa Filip följt av, "Vi kanske kan ringa till våra föräldrar därifrån och kanske be dem komma hit."

"Vi måste komma på vad vi skall säga till dem. För jag antar att det kommer bli en liten chock för dem när de ser mig och Micke, att det helt plötsligt skiljer tio år på oss", sa Peter.

"Alla kommer att bli chockade. Det tar nog tid att vänja sig. Ingen kommer att tro på oss, att vi befunnit oss i en annan värld, menar jag", sa Filip.

"Kom, vi går", sa Mikael. "Vi får fundera ut något på vägen. Eller så säger vi bara som det är. Det kanske är bäst så. Sen får de tro på det eller ej."

"Du har nog rätt Micke. Ingen idé att försöka hitta på något annat. För vad skulle det vara i så fall?" sa Peter.

Längs vägen bort till Pernillas hem passerade de den gamla skolan som sedan en tid tillbaka blivit förvandlad till ett ålderdomshem. Mikael och Pernilla blev helt stumma när de läste på skylten utanför och undrade var de nu skulle gå i skolan någonstans. Peter förklarade att han nu bodde i

Rågmanstorp, eller rättare sagt, *bodde* i Rågmanstorp. För han trodde i alla fall inte att han hade kvar lägenheten efter fem års frånvaro. Han berättade också att Timmerlunda redan för tio år sedan, sakta men säkert, påbörjat förvandlingen till en så kallad utflyttningsort.

"Du får gå klart skolan i Rågmanstorp helt enkelt", sa Peter till sin *lillebror*.

"Jaha", svarade Mikael och ryckte på axlarna som om det inte spelade någon roll.

De lämnade skolan bakom sig och svängde därefter ner på gatan där Pernillas föräldrars hus låg. När de närmade sig såg de att det lyste i köksfönstret och Pernilla såg sin mamma på avstånd genom rutan. Hon stannade upp och satte händerna för ansiktet i ett försök att dölja gråten.

Mikael la armen om henne och sa: "Kom nu, vi är med dig."

Besöket hemma hos Pernilla var omtumlat. Hennes mamma hade först trott hon sett ett spöke. Dels för att hennes dotter plötsligt stod där i dörren, dels för att hon fortfarande var i samma ålder som när hon försvann för femton år sedan. Det tog bara tio sekunder innan hon svimmade första gången den morgonen. Senare, när

Mikael, Peter och Filip skulle ge sig i väg tillsammans med tvillingarnas föräldrar, var hon redan uppe i tre avsvimningar. Och en utav gångerna hade hon fått sällskap av tvillingarnas mamma.

Den förmiddagen var verkligen speciell. Det tog tid, men föräldrarna valde till sist att förlika sig med den berättelsen som gavs av barnen. De stod ju där framför dem, levande och med hälsan i behåll, friska och krya alla fyra. Men på något sätt var det enklare att förstå Peter och Filips frånvaro. Mikael och Pernillas däremot, som fortfarande var två små barn och inte hade ändrats någonting på femton år! Det tog tid.

Efter en tid flyttade Peter och Filip tillbaka till Timmerlunda. Det fanns gott om bostäder att välja mellan och priserna var låga. Peter, som fått anställning på bruket igen, kom upp i en stadig lön och lyckades få lån till en insatslägenhet i de centrala delarna av Timmerlunda. Filip, som inte var välkommen tillbaka till försvaret, valde också att ta anställning på bruket ihop med Peter. Han nöjde sig med en hyreslägenhet i utkanten av samhället.

Mikael bodde hemma hos sina föräldrar i ett par månader, men kände hela tiden att något saknades. Han ville vara nära sin tvillingbror och fick till slut föräldrarnas tillåtelse att flytta in hos Peter. Något som Peter inte hade något emot då han också saknade närheten till sin bror. Men det var inte bara Peter Mikael saknade, han saknade även Pernilla. Det äventyret de varit med om tillsammans hade bundit dem samman, som två svalor i jakt på samma insekt. I Timmerlunda kunde de träffas varje dag, åka med samma skolbuss till skolan, dela samma minnen som fört de två samman och bara vara, tillsammans.

En kväll när de alla fyra satt tillsammans uppe på kullen i parken, den kullen där de ofta satt ihop på somrarna: Mikael, Peter och Filip, sa Filip: "Har ni tänkt på en sak? Om vi vill, och om vi vågar, skulle vi kunna resa in till den andra världen och stanna ett par dagar för att sedan resa tillbaka igen! Gjorde vi det skulle vi hamna ännu längre fram i framtiden!"

"Vad!" sa de andra tre i kör.

"Vad menar du", la Peter till med.

"Tänk efter! Om vi lyckas med att ta oss igenom och stannar i.... låt oss säga tre dagar, och sen kommer tillbaka. Då skulle det vara år tjugohundra-tjugotvå! Fattar ni? Skulle det inte vara häftigt?"

"Tror du verkligen att det skulle funka?" sa Mikael upphetsat.

"Snälla, sluta nu", sa Pernilla. "Inte vill ni väl tillbaka dit, till den ruttna världen?"

"Men hallå. Tror ni att berget öppnar sig bara för att vi går dit och ber det?" sa Peter.

"Alltså, jag fattar inte att ni ens funderar på det. Varför kan vi inte bara vara här och nu", röt Pernilla till med.

"För att vi kan!" sa Filip, som nu verkligen var tänd på idén.

"Nej. Vi stannar här. Jag håller med Pernilla. Jag vill leva i nuet", sa Mikael som helt plötsligt vänt.

Kanske det berodde på Pernilla. Kanske det berodde på att han var trött på allt resande. Kanske var det mest för att Pernilla tyckte det. Om nu Peter och Filip ville 'resa i tiden', kunde de väl få göra det. Kunde kanske vara kul att testa på att bli äldre än Peter för en gång skull, hade Mikael tänkt. Om Peter var tio år äldre än han själv var nu, skulle han bli minst tjugo år äldre än Peter och Filip, om de nu bestämde sig att vara borta i tre denandravärldens-dagar.

"Är du på Peter?" frågade Filip som nu var helt inne på idén.

"Äh. Jag vet inte. Kanske bäst att hålla oss här hemma i alla fall. Vem vet vad vi ställer till med om vi hamnar där igen. Sen är jag inte speciellt sugen på att träffa på monstren igen."

”Fegis.”

”...kan du vara själv din... ”, avslutade Peter med och knuffade till Filip så att han trillade omkull.

De bestämde sig för att inte ta sig tillbaka till bergsväggen mer, rädda för vad som skulle kunna hända. Det fick helt enkelt räcka med *ett* besök i den världen. Mer än väl. Det var i alla fall vad de beslutade just då.

Just den kvällen...

ANDRA RESAN

Kapitel 13

Peter plockade till sig en kanelbulle och en dammsugare och la dem på tallriken. Sköt fram brickan längs trädisken i riktning mot kassan. Samtidigt panorerade han runt blicken bland kaféets stökiga möblemang i jakt på Filip som skulle möta upp honom.

Det hade gått fem månader sedan alla fyra satt där uppe på kullen tillsammans. Det var sommar då, men nu var vintern i antågande och utanför kaféet föll snön sakta ner från en grå himmel. Mikael bodde fortfarande kvar hemma hos Peter och allt flöt på bra. I alla fall vad som syntes utåt.

Senaste månaden hade Peter känt inom sig att något inte stod rätt till. Att något inte var som det borde vara. Han hade lyckats dölja sin oro för Mikael och hade inte pratat med någon om det. I början förstod han inte vad det var, men efter ett tag klarnade det för honom. Det var åldersskillnaden. Åldersskillnaden mellan honom och Mikael. Det kändes helt enkelt inte rätt.

Han fick syn på Filip längst inne i hörnet, bakom en bokhylla placerad rakt ut från väggen fylld till brädden med böcker i olika storlekar.

Bra, tänkte Peter. *Då kan vi sitta ostört.*

Han sicksackade sig fram mellan bord och stolar och hann tänka igenom en gång till hur han skulle lägga upp det för Filip. I en veckas tid hade han funderat på det, idén som han nu skulle presentera för honom. Han hade ingen aning om hur han skulle reagera. Antingen 'var han på' eller så var han det inte. Så var det med Filip. Inga mellanting här inte.

"Där är du ju", sa Peter till Filip när han rundade bokhyllan.

Filip satt med en bok i handen och var redan inne på andra kapitlet. "Jaså, nu kommer du?"

"Förlåt. Jag körde ner Micke till fotbollsträningen och blev fast en stund. Men bättre sent än aldrig. Eller hur?"

Peter ställde ner brickan på bordet och Filip slog igen boken.

"Sjukt tråkig bok. Förstår inte hur jag lyckats läsa hela första kapitlet", sa Filip och tryckte in boken mellan två världsatlas.

"Har du någon gång lyckats med att läsa en hel bok?"
frågade Peter sarkastiskt och sträckte fram tallriken med
godsaker mot Filip. "Välj vilken du vill ha."

Filip nöp dammsugaren direkt och bröt av den på mitten.
Ena halvan tryckte han in i munnen och den andra la han
tillbaka på tallriken. "Det räcker med en halv. Måste tänka
på figuren, du vet."

"Ha, ha, ha", skrockade Peter. "Det har du väl aldrig
gjort tidigare. Varför börja nu?"

"Bättre sent än aldrig, som du själv sa."

Peter tittade in i Filips ögon och blev lite mer allvarsam,
gjorde sig beredd på att berätta för Filip hur han kände sig.

Filip märkte av Peters vändning och bestämde sig för att
vara tyst. Han förstod att Peter ville berätta något för
honom.

Peter lyfte upp kanelbullen mot munnen, men hejdade
sig och la ner den igen på tallriken. "Du Filip. Det är en sak
jag behöver prata med dig om."

"Okej. Vad då för något?" frågade Filip lugnt och sakta.

"Det är det här med åldersskillnaden mellan mig och
Micke. Det känns inte rätt. Jag vet inte hur Micke tänker,
men han kanske känner likadant. Jag har inte en aning, har
inte ens vågat fråga. Jag mår i alla fall inte bra av det. Det
känns faktiskt skitjobbigt."

”Okej.”

”Så ... jag har funderat på en sak och tänkte kolla med dig om vad du tror om det.”

Peter tog ett djupt andetag och fortsatte sedan.

”I somras när vi satt där på kullen i parken så fick du en idé. Att vi skulle ta oss tillbaka till den andra världen. Kommer du ihåg det?”

”Ja, men ingen verkade vara på så vi la ner det. Eller hur? Visst var det så?”

”Ja. Men din idé var att vi skulle stanna flera dagar, allihop tillsammans. Vad jag funderar på är att bara du och jag tar oss dit, och stannar bara tillräckligt länge så att Micke hinner växa i kapp oss.”

Han låste blicken mot Filip för att försöka tyda hans reaktion. Filips ögon var allvarliga till en början och Peter förstod att han funderade. Sedan såg han hur först munnen ändrade form något, följt av ögonen som blev mer avslappnade och till sist det lilla flinet som växte till i ansiktet.

”Klart jag är på.”

”Är du? Helt säkert?”

”Ja, vi kan ju i alla fall göra ett försök. Det är inte helt säkert att vi ens lyckas ta oss dit. Vi kanske bara hade tur sist. Ingen aning.”

"Det har jag. En aning alltså. Jag har kollat lite. Kommer du ihåg när vi tog oss över? Att det var ovanlig hög solaktivitet då? Vi pratade om det. Kommer du ihåg?"

"Ja, det minns jag. Skulle det ha något med det att göra, menar du?"

"Jag tror det. Jag minns natten efter Micke försvann, när vi letade efter honom. Kommer du ihåg natthimlen då? Den var helt lila och konstig. Exakt så som den var den natten då vi tog oss över, du och jag"

"Ja, det stämmer faktiskt."

"Och vet du vad jag hörde på nyheterna igår?"

"Nej, men jag kan gissa. Ovanlig hög solaktivitet."

"Yes."

"Alltså, vad tror du det beror på att vi kunnat ta oss till en annan värld? Är det ett sådant där maskhål som astronomer pratar om, tror du?"

"Maskhål, kanske. Eller något annat. Tycker det känns lite som att fysiker och annat lärt folk bara gissar. Men jag vet inte. Ja, kanske ett maskhål. Men något som jag tror kan ha ett samband är just solaktiviteterna. Om du tänker på hur det var i den andra världen, med jättesolen. Jag har läst att vår sol också kommer att växa sig gigantiskt om flera miljoner år, eller så var det miljarder år, kommer inte riktigt ihåg. Men vilket som, på andra sidan är det antagligen alltid superhög solaktivitet. Du minns ju blyklänningarna."

"Och blymössorna", inflikade Filip.

"Precis. De skulle ju skydda oss från strålningen", sa Peter som nu plockat upp bullen igen från tallriken. Han bröt av den på mitten och tog ett bett på den ena halvan.

"Det kanske är så att berget i den andra världen öppnar sig varje dag, lite då och då."

"Det är det jag hoppas på", fick Peter fram mellan tuggorna. Han svalde och fortsatte, "Vi måste räkna ut exakt när vi tar oss tillbaka. Det borde vara ett dygn som vi får vara borta. Max ett dygn, gissar jag på. Men vi får räkna mer på det sen. Jag förstår ju att vi inte kommer att pricka exakt rätt ålder, men vi måste försöka komma så nära som möjligt."

"Och vi får absolut inte bli fast där!"

"Jag tänker att vi tar med oss mat och vatten och håller oss i närheten av berget hela tiden. För säkerhets skull."

"Du verkar ha planerat allt i minsta detalj redan", sa Filip och slängde i sig den andra bullhalvan.

"Ja, jag har tänkt på det ett tag, som du kanske förstår."

"Vi kommer att fixa det här, Peter. Klart vi skall vara i samma ålder alla tre, det blir ju heltokigt annars."

"Alla fyra", rättade Peter.

"Ja, det är klart. Pernilla också."

"Jag tror Micke är kär."

"Ha, ha. Den lille spelevinken. Vi får se när vi kommer tillbaka om tio år. Då kanske du är farbror Peter."

"Ja, vem vet. Kanske det."

Peter och Filip lämnade kaféet tillsammans. Utanför hade snöfallet ökat i intensitet och det hade börjat mörkna något. Klockan var bara halv sex. Det märktes att vintern var i antågande.

De hade bestämt att de skulle göra att försök till helgen. På nyheterna spåddes det att solens aktiviteter skulle nå dess topp under lördagen. Och redan idag, vid klart väder, skulle det vara möjligt att se en fantastiskt fin natthimmel med norrsken ända långt ner i södra Sverige, hade det sagts.

Peter hade funderat på om han skulle säga något till Mikael om hans plan. Han ville i alla fall ta farväl till Mikael om något skulle gå snett. Han hade bestämt sig för att tala om för honom att han och Filip skulle i väg på en chartersemester och att han behövde bo hemma hos mamma och pappa under tiden. Sen skulle han skriva ett brev och lägga det i lägenheten med en förklaring, att han och Filip skulle ge sig i väg till den andra världen. Peter hoppades på att han skulle förstå.

Det var lunchrast på bruket och Peter och Filip gick ut för att gå en sväng efter att de tömt sina lunchlådor.

"Makaroner och korv tre dagar i rad nu", sa Filip med förakt. "Jag måste utöka min lunchrepertoar."

"Äh, du behöver ju bara variera lite. Köttbullar, fiskpinnar, pannbiff. Det mesta passar till pasta. Släng i lite grönsaker bara så blir det väl bra."

"På tal om mat. Vad skall vi ha med oss? Och hur länge kommer vi stanna där borta?"

"Jag har faktiskt räknat på det nu. Du får hjälpa till och tänka så att det inte blir fel."

"Okej. Låt höra."

Peter plockade fram ett papper från bakfickan och grubblade en stund. Sedan sa han: "Vad jag minns så var klockan ett på natten när vi gick över till den andra världen senast, och när vi kom tillbaka visade min klocka att det hade gått tre dygn och fem timmar. Då hade det gått nästan exakt fem år här hemma, sånär på en månad eller så. Visst verkar det stämma."

"Ja ... jag tror det."

"Det betyder att vi måste vara borta det dubbla: sex jorddygn och tio timmar. I alla fall så nära som möjligt. Vi får ha koll på min klocka", sa Peter och höll fram den mot Filip.

"Då gäller det att den går rätt och att du inte tappar bort den när vi är där. Fast det är ju klart, jag kan ju också ta med mig en klocka. Det är bara det att jag inte har någon klocka. Får väl köpa en för säkerhets skull."

"Det tycker jag att du skall göra. Och en med kvalité. Min fick jag när jag fyllde tjugo. Det är ett självuppdragande kvartsur. Det betyder att det inte finns något batteri i som kan ta slut. Köp en klocka för säkerhets skull. Vi kanske inte skall förlita oss på endast *en* klocka."

"Sen var det maten. Det funkade ju att äta av axen, men jag tröttnade rätt fort. Kunde vara rätt gott att ta med oss något annat också", sa Filip och hängde ut tungan.

"Mmm. Mat för sex dagar. Det blir rätt mycket det."

"Jag har en idé. Vad sägs om makaroner. Så tar vi med ett spritkök också. Vatten finns ju där."

"Ha, ha. Ja, det är klart att du skall ha makaroner. Det funkar väl. Vi kör på det. Och en jädrans massa korv."

De kom tillbaka från promenaden efter en halvtimme och gick in till avdelningen där de jobbade. Utanför var det kallt, men inne i fabriken var det varmt och skönt. Det var

torsdag och snart var det helg. Då skulle de ha allt klart.
Den sista planeringen skulle de göra på fredagskvällen
efter att Mikael blivit avsläppt hemma hon föräldrarna,
efter att Peter fått säga hej då till Mikael.

Peter tryckte i det sista i ryggsäcken och började ta på sig
ytterkläderna. Filip skulle komma vilken minut som helst
och de hade bestämt att träffas utanför Peters lägenhet. Ett
av plaggen som Peter packat ner var blyklänningen. Den
hade han sparat mest som suvenir, men nu skulle den
komma till användning igen. Filip hade gjort likadant.

De möttes upp vid parkeringen utanför och gav sig i väg,
och efter en halvtimmes vandring passerade de sjön som
snart skulle få sitt första lager is för säsongen. Det var tidig
eftermiddag och de räknade med att vara framme vid berget
innan det blev mörkt. De räknade också kallt med att berget
skulle öppna sig nu i kväll, eller åtminstone i natt eftersom
solens aktivitet skulle nå sitt maximum just idag.

De var mestadels tysta där de traskade vägen fram mot
berget. De kände hur kylan började sätta in och de ville
hålla högt tempo för att hålla ångan uppe. Redan efter ett
par timmar var de framme.

"Men se här. Här ligger soffan kvar. Verkar som om att ingen varit här i alla fall", sa Filip och ställde ner ryggsäcken.

"Just det ja. Du fick väl med dig repet?"

"Jajamensan", sa Filip och sparkade till ryggsäcken för att visa att den låg däri.

Repet hade de tänkt att använda vid återresan. Binda det högt upp i trädet ovanför bergsknallen och svinga sig tillbaka. Lite som förra gången, men den här gången utan soffa.

"Okej, nu är det bara att vänta. Men lika bra att försöka få till en eld på direkten, det lär bli riktigt kallt."

De samlade ihop lite torra grenar och fick fyr nästan genast. Filip tog fram ett paket korv och trädde upp en på en pinne.

"Kolla uppåt", sa Peter.

"Wow. Vilka färger."

Himlen sprakade i de mest fantastiska färger och det liksom dansade på den mörka himlen. Om ett par timmar skulle bakgrunden vara helt svart, då skulle kontrasterna vara ännu tydligare. De hade en fantastisk natt att se framemot, hur lång den nu skulle visa sig bli.

"Önskar att Micke var här. Saknar honom alla redan."

"Fast vi är snart tillbaka igen."

"Ja, vi ja. Men tänk på Micke. För honom kommer det att ta tio år innan vi är tillbaka."

"Ja, visst känns det gott att ge igen lite", sa Filip lite skämtsamt och log mot Peter.

"Ha, ha", svarade Peter och tänkte på hur Mikael kommer att reagera när han får läsa brevet.

Tio år är en lång tid i den åldern, det hade han själv fått erfara. Det är hela högstadiet, tre år på gymnasiet och sedan jobba i ett par år. Peter visste hur långsamt tiden går när man saknar sin bäste vän, sin bror. Sin tvilling. Han funderade på om han var självisk som gav sig i väg så här? Han visste ju inte hur Mikael kände det, om han kände likadant med åldersskillnaden. Han bestämde sig för att han fick vara lite självisk den här gången.

I en annan värld, både nära och långt ifrån vår, pågick ett uppror av sällan skådat slag. Bara ett par timmar efter det att de fyra återinträtt till Timmerlundavärlden, hade välst efter välst slitit sig loss från borrhjulet på grund av att en av de fyra, lite klantigt, knutit upp inte bara det repet som Mikael och Pernilla suttit fast vid, utan också det repet som höll välstarna fast vid ekern.

Den närmaste välsten hade sett hur repet hängt löst och uppmärksammat näste välst innanför. Sakta hade den fört ur repet ur järnringarna som höll den fast vid ekern och väntat tills de närmaste innanför var loss även de. På ett givet kommande överrumplade de pådrivarna bakom dem och hjälpte därefter de övriga välstarna att ta sig loss. Allteftersom fler och fler välstar blev fria från sina tyglar blev pådrivare och vakter vid deras eker oskadliggjorda en efter en. Därefter gick de vidare till nästa eker där de hjälpte de andra att komma loss. Det utbröt ett kaos som var svårt att greppa för de återstående vakterna, och kort därefter fick de ge sig en efter en. När siste man var oskadliggjord fortsatte gruppen i en stor klunga mot fabriksdelen där de löpte amok innanför de fyra väggarna.

De människor som kom i deras väg önskade att de hade befunnit sig någon annanstans. De hämndlystna monstren visade varför det var legitimt att kalla dem för just monster. Med slag, bett och vrål tog de sig fram och lämnade endast köttslamsor och död bakom sig. När de stannade upp och såg förödelsen de lämnat efter sig förenades de i ett gemensamt avgrundsvrål som kunde höras ända bort till byn där de nu faderlösa barnen och nyblivna änkorna skulle få klara sig själva mot den attack som väntade dem. För nu ville de ta sig tillbaka till sin värld de så urskillningslöst blivit bortförda från.

Men det gällde inte alla.

En liten grupp på fyra bestämde sig för att stanna kvar för att se efter om de kunde skapa sig ett drägligt liv i denna värld. I alla fall ge det en chans. Den gruppen gav sig i väg i riktning mot platsen där Peter och Filip snart skulle befinna sig. De två skulle få uppleva en resa som skulle visa sig bli helt vansinnig, och inte alls så lätt och smidig som de hade tänkt sig.

Kapitel 14

"Kanske dags att vända på korven", sa Filip till Peter som varit ockuperad av tankar och helt glömt bort korven som nu blivit kolsvart.

"Oj då", sa Peter och drog snabbt upp korven samtidigt som han hörde ett sprakande som *inte* kom från elden. "Filip. Hörde du?"

"Jag hörde. Det kanske är dags?"

"Det verkar så. Bäst att vi gör oss redo", svarade Peter och tryckte in hela korven i ett bett och kände samtidigt hur pulsen ökade i frekvens.

Sprakandet ökade i styrka och snart såg de skenet växa sig starkare längst ner på bergsknallen. De skyndade sig med att få ner sina saker i ryggsäckarna och greppade tag om de stora tygpåsarna de fyllt med proviant. Sida vid sida stod de beredda att ta klivet in till parallellvärlden. De kände hur det började dra och slita i dem. Bergväggen var nu helt upplyst och ett öronbedövande sprakande suddade ut alla andra ljud runt omkring dem.

"Peter, nu händer det. Är du beredd?"

"Nej. Är du?"

"Nej, men det blir jag nog aldrig så det är inget att spara på. Ingen idé att streta emot mer."

De släppte efter och lät sig dras in i skenet. De kände först hur tygpåsarna lättade från marken och de var tvungna att hålla fast med allt vad de hade för att inte förlora greppet. Ögonblicket efter drogs de in med en kraft stark nog att flytta berg och efter bara någon tiondels sekund senare föll de över till den andra världen i en hög av påsar, ryggsäckar, armar och ben. De öppnade sina ögon och såg till sin förskräckelse fyra gestalter närma sig platsen i hög fart.

"Fan, Peter. Vi måste dra. Fort."

Monstren hade ännu inte fått syn på dem. När de hade gått längs grusvägen hade de upptäckt skenet ifrån berget och sedan gett sig av mot det strax innan Peter och Filip kommit över. Nu var de lite skymda av det höga gräset och Peter och Filip såg sin chans att komma undan. De hade även det bländande starka skenet från berget att tacka, för att de blev svårare att upptäcka. Hade de bara väntat några sekunder längre innan de lät sig sugas in hade de hamnat snyggt upplagda på ett - för monstren - väldukat smörgåsbord.

Snabbt drog de sig undan från platsen och tog skydd bakom ett stort träd vid sidan om bergsknallen.

”Nu är vi jävligt tysta”, viskade Filip till Peter.

Deras hjärtslag pumpade på i hundraåttio och andningsfrekvensen var hög. De var rädda för att det skulle räcka för att bli upptäckta av monstren.

Än hade inte välstarna hunnit fram till berget och de såg nu att ljusstyrkan började avta. Sprakandet minskade och efter bara några sekunder slocknade det helt. Nu var det mörkt som i graven igen.

”Är de på väg hitåt”, viskade Peter.

”Jag tror det. Men ligger vi bara prick stilla kanske de ger sig i väg nu när berget slocknat. Nu är vi helt tysta.”

Efter bara några sekunder var monstren framme vid sidan om dem och de förstod att om de klarade livhanken nu skulle de ha mörkret att tacka.

Peter och Filip fortsatte att ligga helt still. Monstren grymtade något och de befann sig nu endast fyra, fem meter ifrån dem. De hörde hur en av dem drog in luft genom näsborrarna, som att den kände någon doft. Var det deras den upptäckt?

De började röra sig sakta bort i motsatt riktning, bort från Peter och Filip. Peter släppte ut ett lugnt tyst andetag och hoppades på att de inte skulle vända om. Filip, som inte var lika säker på att de inte skulle vända om, körde ner handen försiktigt i ryggsäcken och drog upp revolvern som han sparat sedan förra besöket. Han fällde ut trumman utan ett ljud för att försäkra sig om att där fanns patroner kvar. Han räknade till fyra. Halvfull. Skulle han våga leta rätt på fler i ryggsäcken eller skulle han förlita sig på sin träffsäkerhet?

Han bestämde sig för det sista. Han vågade inte riskera att bli upptäckt.

Just precis när de var säkra på att inte bli upptäckta kom en av dem gående rakt emot dem. Filip spände hanen. Peter satte sig sakta upp i startläge som om att han gjorde sig redo för ett hundrameterslopp. Om någon av dem kom fram skulle han lägga benen på ryggen och ge sig av. Det var i alla fall hans tanke just då. Men när monstret kastade sig mot dem och Filip tryckte av revolvern blev han som förstenad. Livet spelades upp i ultrarapid och Mikael var huvudperson i varje scen.

Välsten hamnade rakt över honom efter att Filip fått in en fullträff rakt in i bröstet.

Därefter kom de tre andra i full fart mot dem. Filip gjorde sig redo medan Peter föste undan det döda, håriga, illaluktande monstret.

"Spring", ropade Filip och ställde sig framför Peter.

"Vad", hann Peter svara innan nästa skott avfyrades.

Kulan gjorde köttfärs av välstens högra öra och fortsatte sedan sin bana i riktning mot den efterföljande som sjönk ner på knäna.

Kulan hade träffat rakt in i ena ögat.

"Spring, sa jag", skrek Filip högt.

Filip var beredd att offra sitt liv för Peter. Att Peter skulle klara sig och kunna återförenas med sin bror var prio-ett just nu. Peter hade inte heller så värst mycket att bidra med. Filip hade revolvern, vad hade Peter att sätta emot med? På sin höjd några konservburkar med Bullens Pilsnerkorvar! Filip var tränad för situationer som denna, det var inte Peter. Att Peter klarade sig var högsta prioritet. Han måste återförenas med sin bror igen. Kosta vad det kosta vill.

Peter satte av med ryggsäcken på ryggen. Matkassen fick han lämna bakom sig. Filip drog till med revolvern mot monstret med det mosade örat så att den föll åt sidan. Den andra välsten, den som nyss fått sina ögon reducerade till antalet ett, föll ner i det höga gräset med armarna utsträckta rakt fram i ett sista försök att nå Filip. Men sedan blev den bara liggandes. Orörlig.

En kvar, hann Filip tänka innan välsten med ett öra reste sig upp igen efter slaget av revolvern.

"Okej, två då", skrek han och lyfte upp revolvern och fyrade av.

Den här gången fick han in en fullträff. Monstret föll raklång ner på marken och Filip visste nu att han bara hade ett skott kvar.

Den sista välsten stannade upp, tvekade under bråkdelen av en sekund, vände om och satte sedan av mot axfältet i hög hastighet.

Allt gick så fort att Filip inte hann tänka. Helst av allt ville han satt en kula i den siste också. Nu när den försvann skulle de inte kunna slappna av en sekund. De skulle hela tiden få se sig om över axeln, nervösa och oroliga över att den skulle attackera utan förvarning.

Filip hörde ett ljud bakom sig. Vred sakta på huvudet och förde med revolvern i rörelsen.

Nu är min sista stund kommen, hann han tänka innan han såg vad som smugit sig upp bakom honom. Där stod Peter. Med en rejäl sten i varsin hand, beredd på attack.

"Fan, Peter, vad du skräms", sa han och pustade ut.

"Är alla döda? Hur många var de?"

"En kom undan. Jag vet inte exakt var den befinner sig, vi måste vara försiktiga, vi kan inte slappna av än."

"Vart tog den vägen?"

"Ut på fältet. Jag hoppas på att den drog i väg och att den inte kommer tillbaka. Det verkar som om att det bara är den kvar nu. Men som jag sa, vi kan inte slappna av än, vi måste ha koll hela tiden."

"Vi drar härifrån", sa Peter och tog tag i påsarna. "Jag bär så du kan vara beredd med pistolen."

"Revolvern. Det heter revolvern."

"Skit i samma. Se bara till att du har den fulladdad."

Filip fyllde på skott i revolvern och följde efter Peter bort längs gränsen mellan axfältet och bergsväggen, i motsatt håll från monstrets flyktväg. Sakta närmade de sig outforskad mark.

De gick tills det började ljusna. Det var varmt fast det var natt och de tunga blykläderna hade inte gjort saken bättre. Peter tittade till sin klocka när han såg de första solstrålarna på himlen och kunde konstatera att de gått i över åtta timmar.

Två gånger hade de stannat för att äta och allt eftersom tiden gått hade de blivit mer och mer avslappnade. De förstod att välsten inte var efter dem och efter ett tag hade Filip stoppat ner revolvern och hjälpt Peter med den ena proviantpåsen.

Nu när det var ljusare såg de att landskapet framför dem såg annorlunda ut jämfört med de trakter där de befunnit sig tidigare. Berget låg i dager och var lite bulligt. Lite som längst med kusten i Bohuslän där Peter och Mikael tillbringade några veckor en sommar för länge sedan. Då var de bara tio år gamla, men Peter mindes det som om att det var igår.

*

Deras föräldrar hade fått låna en husvagn av en jobbarkompis. Resan hade gått igenom närapå halva Sverige och det hade känts som om att de aldrig skulle komma fram. Men till slut var de ändå framme. De tog in på en camping som låg alldeles intill havet. Det var fint väder, varmt och skönt, och havet var salt. Inte som det havet som de var vana att bada i, det bräckta, nästan saltfria vattnet långt upp i Bottniska viken.

Så fort de kommit ut ur bilen hade de sprungit ner längs klipporna mot vattnet. Med sig hade de varsitt snöre med en klädnypa fastbunden längst ut. De skulle fiska krabbor. Det hade de hört från en klasskompis som varit här tidigare, att det var det man gjorde på västkusten.

Sittande på varsin sten med fötter och klädnypor i vattnet väntade de in den stora fångsten. Fastklämd i klädnypan satt en mussla som de hade smashat mellan två stenar.

”Titta Peter”, hade Mikael ropat, pekande ner i vattnet.

244

Peter drog snabbt upp fötterna ur vattnet. ”Jag ser. En bjässe.”

Krabban, som egentligen inte var speciellt stor, klämde fast sin ena klo i Mikaels mussla. Mikael drog upp och gav ifrån ett glädjetjut.

Än idag minns Peter Mikaels glada lynne den sommaren. Precis som alla somrar och tiden där emellan. Mikael var oftast glad. Till och med när han egentligen borde vara ledsen, något som Peter aldrig riktigt förstått. Fast de bara varit ifrån varandra någon dag saknade Peter honom allaredan. Hoppas tiden går fort, hade han tänkt. Men endast åtta, tio timmar hade gått sedan de ’gått igenom’ berget. Det betydde att de hade hela sex jorddygn kvar, vilket i sin tur betydde nästan ett helt dygn här i den här världen.

Peter satte sig ner på en sten och sa till Filip att de behövde vila en stund.

”Vad annorlunda det ser ut här”, sa Filip.

”Ja, lite som Bohuslän. Har du varit där.”

”Nej, aldrig. Jag har inte varit mer söderut än Stockholm.”

”Vi kanske skall hålla till här tills det är dags att gå tillbaka igen. Det rinner en bäck där framme också ser jag. Så vatten har vi.”

Filip spetsade ögonen och sa: ” Ser ut som att den rinner ner i ett hål i berget. Skall vi gå och se efter?”

De gick den korta biten fram till bäcken, och mycket riktigt: vattnet försvann ner i ett hål i berget.

”Märkligt”, sa Peter. ”Det här måste vi utforska mer. Det får i alla fall tiden att gå.”

De tog en sten och släppte ner i hålet och räknade sekunderna.

”Ett, två...”

Plums!

”Verkar som om att det är en hel sjö där nere”, utbrast Filip. ”Och inte så jättelångt ner.”

”Tror du det går att gå ner?”

”Kanske. Men inte här, hålet är för trångt.”

De gick runt och letade efter ett större hål och när de kom runt till andra sidan på bergsknallen fick de se något som såg ut som ett slags ingång i berget. Det var definitivt något som var byggt av människor. Inget som naturen själv fixat till.

Stora stenar hade lagts upp, som en gång in mot berget. De följde leden och kom fram till öppningen som var tillräckligt stor för att kunna gå raklång in igenom.

"Vågar vi?" frågade Peter.

"Klart vi gör. Verkar helt ofarligt."

Filip hivade upp en ficklampa från sin packning och sedan gick de in i mörkret. Gången ledde först rakt in en bit, svängde sedan vänster fram till en trappa. Från trappan hörde de vattnet som forsade ner i berget, ner till den underjordiska sjön som de tidigare gissat skulle ligga där.

De gick djupare och djupare ner, kom fram till en avsats där en trappa tog av åt höger och en annan åt vänster. De hörde att ljudet från vattnet kom från höger och bestämde sig för att välja den trappan.

När de kom ner såg de att ljuset från hålet där vattnet forsade ner räckte för att lysa upp hela den underjordiska sjön. Sjön, som egentligen var mer som en större damm glittrade i ljuset.

"Ser riktigt mysigt ut", sa Filip. "Här kanske vi kan tillbringa dagen?"

"Så slipper vi ha på oss de här kanske", svarade Peter och slängde av sig sin blyklänning.

Det var som ett stort underjordiskt rum där nere och en liten trappa ledde ner till vattnet från avsatsen där de stod.

"Perfekt läge. Här kan vi ligga och mysa tills det är dags att gå tillbaka. Kanske till och med ta oss ett dopp. Eller vad säger du, Peter?"

"Om det inte är för kallt i vattnet."

"Jag tror inte det är det. Det är ju varmt och gott här i alla fall. Borde vara varmt i vattnet också", tyckte Filip som nu fått av sig både ryggsäck, blyklänning och t-shirten han haft under.

"Vi går ner och känner efter", sa Peter och började gå nerför trappan.

Vattnet var tillräckligt varmt och det var skönt att svalka av sig svetten från vandringen. De badade en stund och satte sig sedan på nedersta trappsteget med fötterna i vattnet.

Peters tankar for genast tillbaka till krabbfisket den där sommaren för länge sedan, men han blev väckt nästan genast av ljud från trappan ovanför.

Ljud som kom emot dem.

Hemma fortsatte livet. Där hemma hade det snart gått ett år sedan Peter och Filip gett sig i väg. Mikael hade läst brevet som Peter lämnat till honom och hade först blivit lite ledsen och orolig. Ledsen för att han inte skulle få träffa honom på tio år och orolig för att han kanske inte skulle komma tillbaka överhuvudtaget. Men efter han låtit det smälta in förstod han sin bror och han kände sig lugn av att Filip följt med. Filip, som räddat både honom själv och Peter så många gånger tidigare. Med Filip kunde han känna sig trygg.

Peter lyfte upp fötterna ur vattnet, vände sig om och fick se två personer komma nerför trapporna. Det var mörkt åt det hållet, men han tyckte sig kunna se att det var två kortare personer, kanske barn.

De ställde sig snabbt upp och drog på sig byxor och tröja. Deras packning låg kvar uppe på avsatsen och de förstod att de inte skulle hinna dit innan personerna hunnit ner.

Kanske skulle de ner hit för att bada?

Varifrån kom de ifrån i så fall?

De bestämde sig för att stanna kvar där de var. De behövde nog inte vara oroliga för att bli överfallna, i alla fall inte om de var barn. De skulle nog bli mer skrämda än Peter och Filip.

De ställde sig vid sidan om trappan och väntade in dem. När barnen kom gående nerför de sista stegen fick de syn på Peter och Filip och hajade till. De gav till ett skrik och försvann snabbt uppför trappan igen. Till synes helt vettskrämda.

"Kom, vi följer efter och ser var de tar vägen", sa Filip och drog till i Peters arm.

De såg att barnen ställt en lampa lite längre upp och i skenet av den kunde de se tillräckligt bra för att kunna följa efter dem på avstånd.

De fortsatte trappan upp, samma väg som de kommit ifrån, men där den delade sig försvann barnen åt andra hållet, nerför trappan, djupare ner i berget.

"De kom inte utifrån", sa Peter överraskat och tittade på Filip. "Skall vi följa efter dem?"

"De kanske hämtar någon. Kanske deras föräldrar?"

"Jag tycker vi följer efter. Vi hämtar våra grejor först. Vad kan hända? De var ju inga monstervarelser vad jag hann se."

Filip gick med på det, lite mot sin vilja, men han sa inget om det.

Efter att de gått tillbaka ner till avsatsen och fått på sig skor och kläder gick de upp igen för att ta trappan ner i berget. Än så länge hörde de inga ljud nerifrån, men lite otäckt tyckte de allt att det var. De gick tätt intill varandra och försökte inte lysa för långt ner med ficklampan. De ville inte avslöja sig för tidigt om det nu var så att någon var på väg åt deras håll.

Efter att de kommit nerför trappan fortsatte de gången fram till en dörr av trä. De gick fram till dörren och drog lite lätt i handtaget. Exakt samtidigt öppnades dörren inifrån och till deras förvåning stod de öga mot öga med två äldre män. Både männen och Peter och Filip skrek till av det oväntade mötet. Inte direkt av rädsla utan mer av den överraskande situationen.

Filip lyfte upp sina händer för att visa att han var ofarlig och att han inte ville någon något illa. Peter såg på Filip och gjorde likadant. Männen blev tysta och tittade även de på varandra innan en av dem sa något som varken Peter eller Filip förstod.

”Hej”, sa Filip i ett försök att verka trevlig. Sedan sträckte han fram handen.

Döm om Peters förvåning när den ena mannen sträckte fram sin hand för att svara på hälsningen. Mannen till och med log.

Filip gjorde simtag med armarna och pekade sen bort mot trappan. Han trodde att männen förstod för de log mot Filip och härmade hans armtag.

Efter det lyckade mötet med underjordsfolket fick de följa med in till deras boning. De gick genom små tunnlar och här och var gick det ner kanaler i berget uppifrån där ljus och syre kunde ta sig in. Efter en stund förstod de att det var som ett litet samhälle här nere. De gick igenom stora öppna salar där människor samsades om ytan. Några av salarna innehöll långbord och stolar medan andra var mer som sovsalar. De tittade in i ett av de mindre rummen och kände genast doften av mat komma mot dem. Peter kände direkt hur det började vattnas i munnen på honom vilket en av männen la märke till. De blev genast bjudna på mat.

När de satt där och åt kom det fram nyfikna barn och kvinnor. Peter plockade upp en konserv med korvar och bjöd på. Först var de lite försiktiga, men när de väl fått smaka på de fantastiskt goda korvarna ville de bara ha mer.

Det var helt otroligt att de hade hittat ingången till berget och träffat på de här underbara människorna. Här under bodde de och slapp att gå omkring i de sjukt jobbiga blykläderna. Att hacka ur berget på det här viset måste tagit flera hundra år, gissade Peter. Det måste ha gått i arv under flera generationer.

Det visade sig att den ingången till berget som Peter och Filip hittat användes sällan. Den var mer menat som en bakdörr in och ut från berget. Huvudentrén var mer ståtlig och vaktades dag och natt av en liten armé bestående av både män och kvinnor.

Utanför bergets huvudentré bredde sig åkermarken ut. Där odlades allt det som behövdes för att få ett underjordiskt samhälle på över tvåhundra personer att gå runt. Vatten fick de från bäcken som rann in i berget och det var tydligen inte jättepopulärt att någon badade i det. Något som de båda fick erfara när de senare den dagen visade med simtag att de ville tillbaka till sjön för att ta sig ett dopp.

En annan sak de fick erfara var att när Peter stod där och tog sina simtag upptäckte han att hans klocka var borta. Han fick närapå panik och försökte förklara för männen att hans klocka var borta och att han antagligen tappat den i sjön. Men männen vägrade låta dem gå tillbaka. I stället försökte de propsa på honom en märklig träbollsliknande sak med små hål i. Peter förstod ingenting och gav den tillbaka. Hädanefter fick de förlita sig på Filips klocka.

"Den vaktar du med ditt liv från och med nu", sa Peter till Filip och försökte låta auktoritär.

"Aj aj, kapten", gav Filip till svar.

De ville få tiden att gå och *frågade* männen om de fick hjälpa till ute på åkern. Otroligt nog förstod de vad de menade och visade dem vägen ut genom huvudporten. Ombytta till blykläder följde de med ett annat par ut mot åkrarna. Med sig hade de både hacka och kratta och när de kommit ut en bit visade paret vad som skulle göras. Ogräsrensning kanske inte var deras favoritsyssla direkt, men det fick i alla fall tiden att gå.

Solen hade nu rest sig en bit på himlen och det kändes. Det blev varmare för varje minut som gick nu och en tanke uppstod att de skulle smita i väg till den andra ingången för att ändå ta sig ett dopp. Men de kom på andra tankar när de fick syn på en välst vid änden på fältet.

Den befann sig några hundra meter bort och Filip och Peter var de enda som nu var kvar ute på fältet utav människorna. De såg hur den hukade sig ner och spände blicken mot deras håll. Peter tittade mot huvudporten och konstaterade att det var minst tvåhundra meter dit.

"Vad gör vi?" sa Peter. "Du har väl inte med dig revolvern?"

"Nej", svarade Filip kort, vars hjärna nu jobbade på högvarv. Han försökte analysera terrängen för att se om där fanns någon bra plats som kunde ge dem en fördel om monstret bestämde sig för att ge sig på dem.

"Tänk!" skrek Peter tyst till Filip.

"Tyst, jag tänker", fick han till svar.

"Bra. Gör det fort för nu börjar den gå emot oss."

Välsten började röra sig sakta mot deras håll. Peter funderade på om det kunde vara den som kom undan tidigare på morgonen. Om det var det, var den nog rätt så förbannad.

Nu ökade den takten.

"Följ efter mig", skrek Filip. "Ta med dig hackan."

Peter greppade tag om hackan och satte av efter Filip som tydligen fått syn på något. De sprang så fort de tunga kläderna tillät, vilket inte gick speciellt fort. Välsten däremot, hade fått upp betydligt högre hastighet och skulle vara framme vid dem på under en minut.

"Upp här", ropade Filip.

Åkerfältet kantades av de 'bohuslänska klipporna', och uppe på toppen på en av klipporna stod en gigantiskt stor bautasten. Det var den Filip tagit sikte mot.

"Hur tänker du nu", frågade Peter när de kom fram till stenen.

"Vi måste upp här. Det är vår enda chans."

Välsten hade nu kommit halvvägs.

"Upp på mina axlar. Fort", skrek Filip.

Peter hivade först upp hackan på stenen. Direkt efter hann han tänka en snabb tanke, att det kanske inte var så smart gjort. Skulle de inte lyckas ta sig upp stod de utan vapen att försvara sig med.

Filip böjde sig ner och Peter ställde sig på Filips axlar med händerna mot stenen som stöd. Med ett krafttag ställde sig Filip upp. Med Filip tryckande, först på Peters ända, sedan med nytt grepp på Peters fötter lyckades Peter med nöd och näppe ta sig upp på stenen.

"Och nu då?" ropade Peter uppifrån stenen.

"Stanna där."

Peter stod uppe på stenen och såg Filip ta av sig sin klocka. Han trädde upp den på krattan och förde upp den mot Peter.

"Ta den. Snabbt"

"Men, du då?"

"Ta den bara. Och om monstret kommer slår du allt du kan med hackan. Göm hackan först. Försök att överraska den."

"MEN DU DÅ?" skrek Peter som nu var ordentligt förbannad på Filip.

Filip stod nedanför stenen blick stilla en kort stund och såg upp mot Peter. Sedan vände han sig om och drog i väg.

Mot monstret.

Kapitel 15

En utav vakterna utanför porten in till berget såg hur Peter och Filip plötsligt börjat springa. Han förstod först inte vad de höll på med.

Flyr de?

Från vad? Från oss?

Hur knäppa är de egentligen?

Men sedan såg han välsten.

Han slog larm till de övriga i vaktstyrkan som samlades nedanför muren framför porten. Han fortsatte hålla koll medan vaktstyrkan mobiliserade. Han såg hur den ena lyckades ta sig upp på en sten och kort därefter hur den andra mannen börjat springa. Mot välsten.

Han höll hela tiden vaktstyrkan uppdaterad och när han såg den ena närma sig välsten ropade han till dem att nu fick de tamejfan se till att komma i väg till undsättning.

Vaktstyrkan gav sig i väg. Beväpnade med de mest konstiga attiraljer och en del jordbruksredskap satte de fart ut över åkern. Om Peter och Filip sprungit sakta, var det inget mot den snigelhastigheten som den här gruppen av klantskallar kom upp i.

Peter sjönk ner på knäna och såg hur Filip med berått mod sprang rakt mot monstret. Han såg också vaktstyrkan närma sig från ena sidan, men bara i periferin. Hans blick var låst på Filip.

Han kände hur ilskan ångade inom sig och försökte skrika något åt Filip, men fick inte fram ett ljud. Det han ville få sagt snärjdes åt på vägen upp genom strupen.

Vad fan gör du?

Vänd om!

Han kommer slå ihjäl dig!

DIN JÄVLA IDIOT!

Sedan kom gråten. Ilskan var nu helt utbytt mot förtvivlan. Han visste på förhand att det här kommer aldrig att gå bra! Han visste att monstret skulle göra mos av Filip. Det var kanske sista gången han såg Filip vid liv.

Han lyfte upp handleden och såg Filips klocka.

Han gav mig klockan.

Han förstod nu att Filip inte räknat med att kunna ta sig upp på stenen, men varför springa rakt mot monstret?

Han torkade bort gråten från ögonen och såg Filip närma sig välsten.

Han såg hur Filip svingade stålkrattan runt från sidan och träffade välsten på ena benet så att den föll omkull.

Han såg Filip ta ett nytt tag med krattan som han slungade rakt över sig med sikte mot monstrets hals.

Han såg hur monstret fick upp handen och fångade krattan precis innan den nådde sitt mål.

Han såg monstret dra till och fick ner Filip på marken.

Och han såg Filip säcka ihop efter att välsten svingat sin kraftiga, ondskefulla näve rakt över Filips hals och därefter huggit till med krattan mot hans kropp.

Välsten ställde sig upp och gav till ett vrål, och vände sedan sakta blicken mot Peter.

Nu släppte allt. Peter skrek ut sin ilska. Både mot Filip och monstret. Till Filip för att han varit en sådan idiot som trott att han skulle ha en chans mot det betydligt större och kraftigare monstret. Och till välsten för att den troligen dödat hans bästa vän.

Hatet växte inom honom. Modet likaså. För att inte tala om

hämnden!

Han hade låtit greppet om den vassa stålhackan vara kvar i handen. Han stod med hackan gömd bakom sig när välsten kom emot honom, redo att svingas i en dödlig parabel över sitt huvud med slutdestination: Monstret.

Vaktstyrkan såg att välsten fortsatt mot mannen på den höga stenen, men tog beslutet att ändå fortsätta fram till den däckade mannen. När de kom fram såg de hur det strömmade blod från både hals och kropp. Den klantigheten de uppträtt med tidigare var nu som bortblåst, nu agerade de kvickt och proffsigt. De gjorde vad de kunde för att hejda blödningen, lyfte sedan upp honom för att så fort som möjligt föra honom tillbaka till berget för att ge honom vård.

Skulle Filip överleva välstens attack skulle han ha deras kompetenta agerande att tacka för.

Välsten kom nu fram till stenen och stannade upp. Peter stod och stirrade monstret rakt in i ögonen med en blick fylld av hat. Han kokade inombords av ilska. Han kramade åt greppet om hackan, redo för hämnd. Då såg han monstrets ena öra. Eller rättare sagt, avsaknaden av ena örat. Han såg också det intorkade blodet på välstens bröst. Det var inte det monstret de sett komma undan. Det var den välsten som de trott de dödat! Det betydde att det nu fanns minst två monster som var ute efter dem, och den ena stod rakt nedanför honom.

Han kände pressen på sig själv, att han måste se till att döda den som nu stod framför honom.

Han drog till.

Just när monstret skulle sträcka sig upp mot Peter kom hackan farandes rakt ner mot den med en våldsam kraft. Efter att den gått igenom monstrets nacke letade den in sig i en spricka i stenen för att slutligen fastna.

Med en klang som hördes ända bort till vaktstyrkan som nu befann sig innanför skyddsmuren med Filip, och med monstret sprattlande nedanför i dödsryck, förstod Peter att han nu hade reducerat antal monster med ett. Men han visste också att det fanns minst en kvar där ute någonstans som med största sannolikhet var ute efter dem. Eller åtminstone honom, för han visste inte hur det stod till med Filip. Just i den stunden var Filip en Schrödingers Katt: både död och levande samtidigt.

Filip hade förlorat mycket blod när han bars in till bergrummet som fungerade som sjukstuga. Men han var vid liv. Välstens vassa naglar, *klor*, hade skurit sig in i halsen på honom och rivit upp ett sår djupt nog att nå halspulsådern, om den hade träffat på rätt sida om halsen. Stålkrattan hade letat sig en bra bit in i bröstet och knäckt två revben och därefter fortsatt in i riktning mot hjärtat. En utav krattans vassa piggar med siktet inställt på hjärtat hade stannat en ynka millimeter från att punktera Filips hjärta.

En ynka millimeter från en säker död.

Inne i sin medvetslöshet drömde Filip.

Han gick ensam på en grusväg och det var sommar. Han var *helt* ensam, inte bara där på vägen utan även i övriga livet. Han förstod inte varför han var ensam, men avsaknaden av hans bästa kompisar tärde på honom.

Skall jag aldrig mera få se dem?

Vart är jag på väg någonstans?

Sakta kom minnena tillbaka. De hade lämnat honom! De hade räddat honom! Han hade blivit lämnad, gömd, för att tvillingarna skulle rädda honom från ondskan. Och de hade båda fått betala med sina liv.

Det var därför han var ensam.

Han grät när han fortsatte vägen fram. Han gick framåtlutad och drog benen efter sig i det torra, dammiga gruset. Han såg ner på sina bara fötter hur de grävdes ner mer och mer för varje steg han tog. Han sjönk djupare och djupare ner i dammet. Nu var fötterna helt dolda. Han stannade, han var rädd för att om han fortsatte framåt skulle han försvinna helt. Gräva sig djupare ner i vägdammet tills även han var helt borta.

Då såg han dem. De stod framför honom som två siluetter. Två detaljlösa skuggor.

Sedan var de borta och han var helt ensam igen.

Han förbannade Peter och Mikael för att de gett sina liv för honom.

Varför skulle hans liv vara mer värt än deras?

Gråten höll i sig när han kom ut ur medvetslösheten. Han öppnade ögonen försiktigt och såg det grå taket genom sina tårar. Han panorerade med blicken och förstod att han befann sig inne i berget.

Hur hamnade jag här?

Han såg människorna runt omkring sig. Han såg att de var iförda något som påminde om doktorskläder. En av dem stod direkt vid sidan om honom och höll i en liten mugg. Han förde fram muggen mot Filips bröst och lät innehållet droppa ner i det öppna såret.

Filip såg hur det började bubbla och fräsa i såret. Smärtan var obeskrivbar. Han svimmade och var tillbaka på grusvägen igen.

Peter schasade sig nerför stenen och började gå mot berget. Välsten hade nu slutat skaka och var helt stilla. En rännil av blod rann nedför stenen och bildade en stor pöl vid sidan om den. Han var helt säker på att den var död den här gången, men var samtidigt orolig att den andra välsten skulle befinna sig i närheten. Han såg sig nervöst runt omkring och ökande samtidigt farten.

Han hade sett vaktstyrkan bära bort Filip och hade inga förhoppningar om att han var vid liv. Han kände sig väldigt ensam.

Fan, förbannade Filip.

Framme vid den höga muren blev han insläppt in till innergården. Vakterna innanför rörde vid honom och sa saker han inte förstod. De började dra i honom och verkade ivriga på att få in honom genom huvudporten. Väl inne hjälpte de till med att få av honom ytterkläderna och tog sedan med honom bort till *sjukstugan*. En av dem gick in och kom sedan tillbaka efter en kort stund. Han visade att det var okej att gå in och puttade på Peter.

Peter steg in i rummet.

Mitt i rummet på en säng låg Filip raklång på rygg med händerna lagda ovanpå magen.

Han är död, hann han tänka innan han såg Filips huvud vrida sig mot Peters håll.

För Filip var Peter bara en tom siluett. Bländad av ljuset utanför dörren såg han ut som en skugga, men han förstod att det var Peter. En levande Peter.

Med svag röst sa Filip: "Fick du honom?"

Peter kände hur benen vek sig under honom, men hann hejda fallet genom att greppa tag om dörrfodret.

"Du lever! Jag var helt säker på att du var död."

Knappt hörbart: "Jag känner mig närapå död, skall du veta. Men det blöder inte mer nu i alla fall."

Peter fick kontroll över sin kropp och gick fram till sängen. Hukade sig ner för att höra vad Filip hade att säga.

"Fick du den?"

"Ja, men jag tror att det finns en kvar där ute någonstans. Jag trodde du var död. Hur tänkte du egentligen?"

"Jag vet inte... orkar inte..."

Han svimmade igen.

Peter satt hos honom länge. Emellanåt blev han tillsagd att gå ut från rummet för att äta, men matlusten fanns inte där. Han kunde på sin höjd få i sig lite vatten och bröd, tillräckligt för att hålla sig någorlunda på rätt sida om hungern.

Filip vaknade och försvann om vartannat.

Peter lyckades mata Filip med lite soppa emellanåt, men de ynka matskedarna som hamnade i matsäcken kändes som att de kunde kvitta. Men det var ändå tillräckligt för att tillgodose honom med livsviktig energi.

När Peter inte satt inne hos Filip gick han omkring som i ett töcken. Han fick inte i ordning på sina tankar, hade varken koll på tid eller plats. Gick ofta vilse där inne i berget och fick ibland be någon, med hjälp av teckenspråk, föra honom tillbaka till rummet där Filip låg.

Peter hade inte en aning om hur länge de varit där förrän Filip tog över befälsposten igen. Ju mer Filip kvicknade till såg han hur Peter tappade mer och mer. Att Filip märkte av att Peter gick ner sig och blev mer inåtgående och ofokuserad gjorde att han fick mer kraft för att läka och större fokus på att ta dem tillbaka. Såren som monstret orsakat på hans kropp läkte förvånansvärt bra, och efter vad som uppfattades som tre, fyra dygn där hemma var han tillräckligt läkt för att till sist sätta sig upp i sängen.

”Har du koll på tiden”, frågade Filip. ”Hur länge har jag legat här egentligen?”

Peter blev först helt ställd. Tiden? Han hade helt missat att hålla koll på tiden. De enda tankar han haft var när Filip skulle bli återställd igen. Varje gång han kommit tillbaka in till rummet hade han hoppats på att Filip var frisk och kurerad, men blev alltid lika besviken när han fick se honom ligga still i sängen, ofta sovande och till synes kraftlös.

Peter lyfte upp vänsterarmen och läste av urtavlan. Blundade och tänkte efter, summerade dygn och klockslag och kom fram till ett svar som han inte var riktigt nöjd med. Han summerade igen och förstod att det måste stämma. De hade varit borta i exakt sex dygn. Om tio timmar måste de befinna sig redo vid berget.

Han såg på Filip och sa: "Du har två timmar på dig att kvickna till. Och jag hoppas verkligen att du klarar av en promenad på åtta timmar."

Med lätt packning gav de sig i väg bort från *Bohuslän* och stegade in i skogen som skulle leda dem tillbaka till *deras* berg.

Med tunga steg kände sig Filip som en elefant som råkat ut för en ovanligt stark gravitation. Han var fortfarande illa däran, men allvaret i att de måste hinna fram i tid till berget gav honom tillräcklig styrka för att övervinna de smärtande tunga stegen och hans hjärna var aktiv och blicken fokuserad. Hans mål var att se till att Peter kom hem till sin bror i tid.

Peter bar på ryggsäcken och Filip på revolvern. Revolvern var fulladdad. De hade kommit i väg före utsatt tid och hade nu nio timmar på sig. När de gått från berget hade det tagit dem åtta timmar. Nu på tillbakavägen skulle de inte lyckas uppnå samma tempo, men förhoppningsvis borde de klara det med den extra timmen de nu hade i beredskap.

De försökte vara så tysta som möjligt, inte ge ifrån sig onödiga ljud, för de visste att ondskan lurade där ute någonstans. Filips uppgift var att hålla koll och skicka i väg dödliga projektiler så fort de eventuellt överraskades av monstret. Det var i alla fall vad de räknade med, att den skulle dyka upp förr eller senare. Och om den gjorde det, hoppades de på att det bara fanns den kvar, något de givetvis inte kunde vara helt säkra på. Det fanns en risk att det kunde finnas fler.

"Ta en frukt", sa Peter och sträckte fram något som liknade en banan till Filip.

Peter försökte *mata* Filip så gott det gick. Under tiden i sjukhussängen hade han knappt fått i sig någon mat överhuvudtaget. Nu behövde han all energi han kunde få. Peters tanke var att han först skulle se till att han fick i sig så mycket frukt han bara orkade, innan han öppnade upp den sista burken med Bullens Pilsnerkorv. Hur mätt Filip än var, fick han alltid i sig ett par korvar. Lite som vid julbordet; hur proppmätt man än är går det alltid ner en tallrik med Ris à la Malta.

"Tack, men nu får det räcka. Jag är snart helt proppmätt", svarade Filip och visade spytecknet.

"Okej. Inte ens ett par korvar då?"

"Jag vet att du bara skojar. Korvarna måste väl vara slut vid det här laget?"

"Faktiskt inte. Jag har sparat på en burk. Orkar du?"

Filip stannade upp och satte sig ner på en sten.

"Ett par korvar går alltid ner. Det vet du väl."

Peter tog av sig ryggsäcken och fiskade upp den sista konservburken med korv. Punkterade locket med kniven och började karva upp den.

"Vad visar klockan?" frågade Filip när han tog emot den första korven.

Peter läste av klockan och svarade: "Tre timmar kvar. Jag tror vi ligger bra till. Och vi behöver faktiskt vila lite också. I alla fall du."

"Det känns faktiskt bättre nu än när vi gav oss i väg", svarade Filip och tryckte in det sista av korven. Sedan sträckte han fram handen mot Peter och ville ha mer.

"Var inte du proppmätt?"

"Som sagt var. Några korvar går alltid ner."

Doften från korven spred sig in i skogen och den svaga vinden tog med sig några av doftmolekylerna som med lätthet kunde fångas upp av ett luktsinne i hundklass.

Välsten som hållit sig gömd inne i skogen ända sedan tumultet vid berget kände lukten av något intressant. Det började genast vattna sig i munnen och saliven droppade från de sylvassa hörntänderna ner i mossan.

Den hade lyckats ta sig därifrån och hade gömt sig undan från de två männen med den ofantligt högljudda och dödliga tingesten som likviderat hans närmaste likar. För honom var de nu döda och han hade trott att han var ensam kvar, men alla *hade* inte dött. En av dem hade vaknat upp och irrat omkring genom skogen utan att bli upptäckt, och fortsatt tills den kommit ut på slät mark och där sett två ensamma människor som den såg som ett lätt byte, vilket visat sig vara fel. Den välsten hängde fortfarande kvar på stenen, spetsad med en hacka rakt igenom nacken.

Den större gruppen av välstar som efter fritagandet vid dagbrottet gett sig av mot byn i ett försök att ta sig tillbaka till sin värld hade lyckats. Byborna hade överraskats av deras intåg, men de flesta hade mirakulöst lyckats hålla sig undan från deras kaotiska framfart. När mobben till sist tagit sig ner i underjorden, till den öppna porten in till deras värld, kunde de med lätthet, till skillnad mot Peter och Filips tänkta återinträde promenera rakt in genom det upplysta, sprakande hålet utan något som helst motstånd.

Välsten i skogen försökte spåra varifrån doften kom. Den rörde sig sakta igenom skogen och allt eftersom doften blev tydligare blev suget efter kött starkare. Nu hade den bara ett mål i sikte. Att leta upp den väldoftande källan för att sedan *hugga in.*

Den sista biten av vandringen hade de lagt bakom sig och var nu framme vid gränsen mellan skogen och axfältet. Lite längre fram kunde de se bergsknallen som förhoppningsvis skulle öppna sig för dem. Det hade den gjort den senaste gången de skulle tillbaka, då tillsammans med Mikael och Pernilla, så deras förhoppning var att det skulle den göra även den här gången. Det var i alla fall vad de kallt räknade med.

De hade en halvtimme till godo, men *om* det skulle dra över på tiden lite grann innan berget bestämde sig för att slå upp sina portar, skulle det inte vara hela världen. De skulle i alla fall vara närmare åldersmässigt med Mikael nu än när de gav sig i väg.

Peter började planera hur de skulle fästa repet. Upphängningen måste vara utformad på allra bästa sätt för att ge dem den hastighet och kraft som krävdes för att få till ett lyckat återinträde till deras värld. Skulle kraft och hastighet vara för låg skulle de i stället krossas mot bergets hårda yta.

Peter tänkte tillbaka till den tidigare *återresan*, försökte räkna ut tyngden på de fyra plus soffan och vad som krävdes att addera i vikt för att komma upp i samma tyngd som då. Han skulle kunna knyta repet högre upp på det utskjutande trädet ovanför berget, men det skulle inte räcka fullt ut, de behövde mer tyngd. Kanske en stor sten? Han kände att tiden började bli knapp om de skulle hinna med att få upp en sten stor nog för att göra skillnad.

"Filip! Vi behöver nog skynda på lite. Det är bara en halvtimme kvar och vi måste hinna med att förbereda repet", sa han stressat.

"Är det inte bara att hänga upp det i trädet ovanför?"

"Vi måste ha mer tyngd. Vi måste försöka knyta fast en stor sten, annars är risken att vi inte tar oss igenom."

Filip, som hade varit för trött för att tänka i de banorna, förstod ändå vad Peter syftade på. De fick inte riskera något nu när de var så pass nära målet. Och det skulle visa sig att det inte bara var problemet med stenen de hade framför sig.

Ett annat problem, som de var helt ovetande om just då, var en bestialisk mördarmaskin på etthundratio kilo som stod emellan dem och porten hem till Timmerlunda.

De kom fram till berget och Peter tog genast fram repet från ryggsäcken för att ta sig upp på bergsknallen, upp i trädet ovanför.

"Se efter om du kan hitta en sten stor nog att göra skillnad", sa han till Filip när han gav sig i väg uppför berget.

Filip gick runt och sparkade på ett par stenar som stack upp ur marken. Till sist hittade han en som kanske kunde uppfylla kriteriet.

Bara han lyckades med att gräva upp den. Han letade rätt på sin kniv i Peters ryggsäck och började skyffla bort jorden runt stenen.

När Peter fått över repet runt en av de kraftigare grenarna i trädet ovanför firade han ner ena änden mot marken. Filip hade lyckats med att få upp stenen som säkert vägde runt tjugo kilo, och fått bort den till platsen nedanför trädet. Det visade sig att stenen var perfekt anpassad för ändamålet, stenens utformning gjorde att det var lätt att få den ordentligt fastknuten utan att riskera att den skulle slita sig loss från repet. Något som absolut inte fick hända.

Filip band fast stenen i repet och lyfte upp den till perfekt pendelhöjd medan Peter gjorde fast andra ändan runt grenen. Han klättrade sedan ner och ställde sig bredvid Filip för att beskåda deras anordning.

"Borde funka", sa han till Filip som höll med.

Samtidigt sprakade det till längst ner i bergväggen framför dem.

"Jädrans, nu händer det", skrek Filip.

"Vilken tajming. Men vi är inte riktigt klara med pendeln. Vi måste sträcka upp den också."

Snabbt som ögat fiskade Peter upp det andra repet från ryggsäcken och band fast ena ändan strax ovanför stenen. Filip tryckte bort pendeln mot trädet medan Peter knöt fast *avfyrningsrepet*.

"Det räcker så", sa Filip. "Nu måste vi upp."

Nu gav väggen ifrån sig ett öronbedövande, knastrande ljud och lyste upp med all sig kraft. Ett välkomnat härligt skådespel som både Peter och Filip gått och väntat på under lång tid. Äntligen var det dags. De skulle ta sig hem igen, hem till Mikael och Pernilla för att återförenas med dem.

De klättrade upp i repet och satte sig gränsle ovanför den fastknutna stenen. Peter var beredd med kniven och de började räkna ner.

De såg in i den bländande, upplysta väggen framför dem och Peter tyckte sig se att det stod en person mitt i skenet. Halvt bländad av ljuset tyckte han sig se konturen av någon som stod emellan dem och väggen. Han trodde först att han såg i syne, men när Filip ropade 'Fan, det är något där. Ser du?' förstod han var det var för något.

"Har du revolvern?" skrek han till Filip. "Det är monstret!"

"Kvar där nere", ropade Filip tillbaka. "Skär av repet, vi kanske missar honom. Det är vår enda chans, vi måste igenom. NU!"

Peter skar av repet och de satte fart ner mot berget.

Framför dem såg de skenet från bergväggen närma sig. De såg också välsten sträcka ut sina kraftiga, enorma armar i ett försök att fånga dem. Ögonblicket efter kände de något som träffade deras utstickande ben. Något köttigt. Sedan sjönk de in genom ljuset och flög ut genom andra sidan för att till sist hamna rakt in i de nu förmurknade resterna av en märklig soffa byggd i trä.

Bakom sig hörde de ett gurglande vrål som Peter kände igen från dagen vid fältet, då när han var närapå säker att hans bästa vän Filip hade blivit dödad av monstret.

De vände sig sakta om, beredda på det värsta. Ut genom bergväggen hängde överdelen av välsten.

Kapitel 16

Mikael vaknade upp tidigt på lördagsmorgonen den 22 juni 2002. Gnuggade ur kletet från ögonen och satte sig upp i sängen. Såg ner på sitt livs kärlek som fortfarande var djupt inne i sin skönhetssömn trots avsaknaden av de sju sorters blommor som var brukligt att plocka dagen innan Midsommarafton för att sedan ha liggandes under kudden under natten.

Pernilla behövde inga blommor, hon hade redan Mikael.

Det var ovanligt att Mikael vaknade före Pernilla. Men just den här morgonen hade han blivit väckt av en föraning, upprymd av en närapå euforisk känsla. Han förstod att det bara fanns en enda händelse som skulle lyckas få honom att känna på det viset.

Sin brors återkomst.

Han satt kvar länge i sängen och sög åt sig av känslan, funderade på om det till och med kunde vara sant. Hade Peter kommit tillbaka? Varför skulle han annars få just den känslan? Tio år hade snart gått och någon gång nu från sommaren och framåt var det planerat att han och Filip skulle återvända. Så varför inte?

Efter en timma vaknade Pernilla. Hon blev förvånad över att Mikael redan var uppe, men när han berättat om sitt varsel förstod hon att det inte skulle vara möjligt för honom att somna om efter det.

Under frukosten var Mikael tyst och osocial. Pernilla gjorde inga försök att störa honom i sina tankar utan lät honom vara. Hon hade tänkt att han släpper det snart, för efter frukosten skulle de hem till Pernillas föräldrar för att fira Midsommar. Det skulle få honom på andra tankar.

Mikaels föräldrar skulle också komma för att fira, som de gjort de senaste åren. Mikael hade tänkt om det även i år skulle sluta med att hans mamma brast ut i gråt. Avsaknaden av Peter var fortfarande alldeles för stor och hon hade inga höga förhoppningar längre att han skulle komma tillbaka. Mikael fick alltid trösta henne och försöka övertyga henne att han kommer tillbaka. För det hade han lovat!

Peters lägenhet hade deras föräldrar sett till att behålla, trots ovissheten. Mikael, som börjat jobba direkt efter grundskolan flyttade in tillsammans med Pernilla och tog över lägenheten efter första löneutbetalningen det året.

Ett problem som både Mikael och Pernilla haft sedan de kom tillbaka från monstervärlden, var när det kom till identifiering och personnummer, att lyckas med konststycket att övertyga en myndighet eller liknande att det som hänt verkligen hade hänt. Som då när de skulle börja skolan igen, eller när Mikael sökt jobb eller när han skulle skriva på handlingarna för övertagande av lägenheten. Hittills hade det löst sig. Det kunde berott på att personen i det aktuella fallet till sist tröttnat på deras osannolika historia, men de visste också att de skulle få dras med ovissheten ett tag till. Men senare, efter några år när de blivit äldre, skulle det förhoppningsvis ebba ut för att det då skulle bli svårare att fastslå deras verkliga ålder.

Mikael tyckte att Pernilla var otroligt vacker i sin vita nyinköpta sommarklänning när de gav sig i väg från lägenheten. Hennes fantastiskt välskapta ansikte, hennes långa brunmelerade vackra hår som hängde ner längs ryggen utstrålade en skönhet svår att motstå. Mikael kände sig otroligt lycklig över att de träffats den där sommaren, fast det hade varit i en helt annan värld. Bara en enda sak skulle kunna spä på den känslan. Att hans tvillingbror Peter kom tillbaka.

De skulle ta god tid på sig att gå de två kilometerna till hennes föräldrars hus, vilket just den dagen inkluderade en omväg runt åkrarna i närheten för att plocka blommor till en krans. De hade kommit i väg i god tid och hade inte bråttom. Middagen skulle inte vara framdukad förrän vid tolv och nu var klockan bara elva.

När de stod vid ett av de blomrika dikena och var i färd med att snurra fast en prästkrage runt Pernillas krans lyfte plötsligt Mikael blicken helt omedvetet och släppte sedan taget om kransen som föll ner mot marken.

Pernilla iakttog honom när han stod där helt förstenad och undrade först vad som hänt. Men när hon vred på huvudet fick hon se det som gjort Mikael onåbar: en bit bort längs grusvägen, på väg mot deras håll, gick två personer som hon tyckte sig känna igen.

Kapitel 17

Välsten slog och fäktade med armarna i ett försök att komma loss. Peter och Filip satt som paralyserade och såg på tills den inte rörde sig längre.

Tanken slog Peter senare under dagen ifall monstrets ben hade flaxat omkring på samma sätt på andra sidan, men släppt tanken lika fort som den kommit.

”Vad gör vi med den?” frågade Peter.

”Ah, låt den hänga. Skogen är säkert full av hungriga djur. Det dröjer nog inte länge innan den är uppäten skall du se.”

”Så är det nog”, sa Peter med en äcklad min. ” Vad tror du hade hänt om den tagit sig igenom hela vägen?”

”Tänk inte på det nu, Peter. Nu har vi kommit hem. Solen skiner och det är skönt väder. Vad mer kan man önska sig?”

”Ja, nu kan vi det här. Nu tycker jag att vi går hem”, sa Peter och slet blicken från monstret.

”Undrar om vi har kommit tillbaka till rätt årtal”, sa Filip fundersamt och såg mot Peter.

"Enligt din klocka och vår beräkning så har vi det. Men vi kan nog inte vara helt säkra förrän vi fått det bekräftat."

"*Din* beräkning, menar du väl", sa Filip tillrättavisande och smålog mot Peter.

"Ja, ja. Min beräkning."

De slet av sig de tunga överdragskläderna och tryckte in dem under en gran, sedan satte de av mot kända marker, mot Timmerlunda där de hoppades på att bli lyckligt överraskade av att få reda på vilket år det var. De hade naturligtvis ingen aning om att det var Midsommaraftonsmorgon. Och oddsen på att just pricka den dagen på året att komma tillbaka på var något de senare under kvällen skulle ha väldigt roligt åt.

Solen värmde på ordentligt när de rundade sjön och följde grusvägen den sista biten in mot Timmerlunda. Lite längre fram såg de ett par som stod vid vägkanten. Peter tyckte att det var skönt att se riktiga människor igen. Nog för att underjordsfolket de träffat på var snälla och vänliga, men det var ändå skönt att få se ett par riktiga jordbor igen.

När de närmade sig paret viskade Filip en sak till Peter utan att riktigt tänka hela vägen. Kanske det berodde på att han var trött och utsliten, kanske det berodde på att han hade tankarna kvar i en helt annan värld. Han bara klämde ur sig det: "Vad han är lik dig, han där borta längs med vägen."

Peter stannade upp och la handen mot Filips bröst för att stoppa honom. Sedan sa han med ett brett leende på läpparna: "Och hon är väldigt lik Pernilla."

De tittade på varandra en kort stund innan de ökade farten mot paret de trodde var Mikael och Pernilla.

Pernilla log när hon tog Mikael i handen och följde honom mot de två annalkande personerna som de nu var helt säkra på var Peter och Filip. Mikael kunde inte hejda sig utan ropade: "Peter", och började springa.

Pernilla följde med i samma tempo och vägrade släppa taget. Hon ville inte missa Mikaels och Peters återförening för allt i världen.

"Micke", ropade Peter tillbaka och nu var de bara ett tiotal meter ifrån varandra.

För ett par timmar sedan befann de sig på ett osägbart långt avstånd ifrån varandra, i två helt skilda världar. I den ena världen, Mikael som väntat i tio år på att få återförenas med sin bror, och i den andra, Peter som bara varit borta från sin bror i knappt en vecka, men längtat efter honom varenda dag, orolig att han kanske inte skulle lyckas ta sig tillbaka till Timmerlundavärlden. Nätt och jämnt *hade* de lyckats ta sig tillbaka genom berget, utan att monstret fått fatt i dem. De hade haft en otrolig tur att de bara träffat monstret lite grann vid sidan. Hade de fått in en fullträff mitt i välstens bröst hade deras fart bromsats ner tillräckligt mycket för att inte ge den kraft som krävdes för att ta sig igenom. De skulle bara fallit ner i en hög på marken, tillsammans med monstret. Och vem vet vad som då hade hänt. Men nu var de tillbaka igen. Peter och Filip.

De kastade sig in i en jättekram när de möttes och brast ut i ett närapå hysteriskt skratt. De kunde inte fatta det. De hade lyckats. Nu var de tillsammans igen och de var lika gamla. Peter och Filip hade klarat av att ställa allt till rätta igen och de var fantastiskt glada över det. De kunde inte sluta skratta. Det kändes som att de kunde fortsätta hur länge som helst, men till sist började det så sakteliga ebba ut.

Och då kom frågorna.

Mikael och Pernilla var nyfikna på hur de haft det och om den andra världen fortfarande var sig lik. Peter fick först påminna dem om att det endast gått en vecka sedan de gett sig i väg och inte tio år. Sedan berättade de om underjordsfolket de stött på, och om monstren som nästan satt stopp för hela expeditionen.

Mikael och Pernilla berättade lite snabbt om deras tid när Peter och Filip varit borta, och visst hade det hänt lite här hemma också. Som till exempel att de hade tagit över Peters lägenhet och att de nu bodde tillsammans, att de hade blivit ett par.

Peter var glad över nyheten, men sa att han förstod redan för länge sedan att det var oundvikligt att de en dag skulle bli ett par.

De gick tillsammans till Pernillas föräldrars hus för att fira Midsommar. Det blev en Midsommar de sent skulle glömma. Fru Svensson fick till ett par repris-avsvimningar från senaste gången de hade kommit tillbaka från de dödas rike, som hon kallade det. Herr Svensson tog det mer som en klackspark, nyfiken på vad som hänt och hur de lyckats med bedriften att än en gång *ta sig igenom*. Han blev inte längre överraskad av tvillingarnas påhitt, han hade vant sig: att med Mikael, Peter och Filip ihop kunde vad som helst hända. Ingenting gjorde honom längre förvånad.

Efter en lunch med sill och potatis, eftermiddagslekar och en ordentlig barbecue senare på kvällen, gick de fyra på en promenad genom Timmerlunda och hamnade till sist uppe på utsiktkullen i parken. Där satte de sig tysta ner på rad och begrundade solnedgången över horisonten. De njöt av stillheten och tystnaden och egna tankar om vad de varit med om. Ända tills Mikael öppnade munnen.

"Jag har tänkt på en sak. Hur tror ni tidsupplevelsen är i monstrens värld, jag menar den världen där *de* kom ifrån?"

"Hur så?" fick han som motfråga från Peter.

"Jo, här i vår värld går ju tiden fort, och i den andra världen ... den vi befann oss i ... där gick tiden sakta. Tänk om tiden går jättefort i monstrens värld, fortare än här, och om vi kunde ta oss dit. Då skulle vi kunna ..."

"Sluta, lägg av nu!" skrek de tre andra i kör och kastade sig över Mikael. "Nu får det räcka!"

9 781966 931546

* 9 7 8 1 9 6 6 9 3 1 5 4 6 *